2014年中国诗歌排行榜

邱华栋 ◎主编

百花洲文艺出版社

目 录

第三辑　生于80年代的诗人

第四辑　生于70年代的诗人

第五辑　生于60年代的诗人

第六辑　生于50年代的诗人

第七辑　生于40年代的诗人

后　记

第一辑
生于00年代的诗人

骨　头

董其端（6岁）

我们的骨头
穿上了人肉。
我们一笑它就笑，
我们哭了它也哭。
我的心里有神秘，
我们的骨头
会和我们一起生活。

原载天津诗人网2014年9月24日

温馨提示

姜二嫚（6岁）

我在给爸爸掏耳朵
此耳朵暂停使用
请各种声音绕道而行
前往其他耳洞
因此给你们造成不便
请谅解

爱　情

铁头（8岁）

我和姥姥没有爱情
她实在是太老了

我和妈妈没有爱情
我只是喜欢她的奶子

我和老婆也没有爱情
她现在还是个小屁孩

我和我的gun有爱情
我熟悉它
摸过它身体的每一处

饥饿的种子

徐毅（11岁）

波涛汹涌的海洋
冲毁柔弱的土地

龙卷风
卷飞了美丽的绿色
野兽向天怒吼
撕毁一切
一只白鸽
看着世界
丢下一粒种子

乌云
遮蔽了太阳
微弱的光
刺不穿深深的心
那粒种子
没有爱
没有自我
仅有一颗向往的心

期盼
黑黑的世界
亮出一颗白点
变成心中的太阳

读《聊斋》

姜馨贺（11岁）

今天在家
读《聊斋》
读累了
就走出家门
不知不觉来到菜市场
市场很热闹
叫卖声不断

不知不觉登上市场的高处
并且手持一根木棍
冲着众人大喝一声
小心狐狸精

有两个人
立刻化作狐狸
拖着大尾巴
落荒而逃
一个是肉铺老板的媳妇
一个是卖鱼的

后来
失去家眷的人
把我告到官府
两个差役扮成保安
在小区里徘徊
寻我

我悄悄溜回家
反锁大门
不敢做声

过了许久
爸爸才回来
我把此事告知爸爸
爸爸说
没事儿了
县令我已打点好

我忙问
花了多少银两

爸爸说
儿啊这你无需操心
人最要紧

楼上的树（漫记10章）

孙澜僖（13岁）

1

如果枝叶中藏着一枚逃学的月光
我一定会让他
忘了（哈哈，不是记起）回到学堂的路

2

如果你们都睡了，连城市最后一盏灯光
我就会变成童话
住进你们的小楼上

3

不要说你永远在这里
其实，我也和你一样囚禁在课堂
来，让我们长出翅膀飞向远方

4

如果李白摘不够天上的星辰
就摘下我一片青葱的叶子吧
你看，它们都藏在这里

5

我不是你的眼睛，看不到你想象的远
都是高楼了
我的视野找不到地平线

6

哦，钟鼓声总在我的叶片中躲藏
他怕大腹便便的身影
赶走了月华

7

最好，黄昏时到我这里来
读书吧，我采摘了足够的阳光
如果你累了，回家，我就是一瓣月光

8

冲我笑一笑吧。你看，我给你跳了这么久的舞
要不，扮个鬼脸也行。我就知道
生命，依然会有奇迹

9

不要写到炊烟，我看了就会想家
哦，是的，就是你去过的
童话森林

10

如果是冬天，你在我的树下听得见春天
那样，我就会活过来
你信吗

原载《青少年文学》2014年第4期

第二辑
生于90年代的诗人

我怕遇见怪叔叔

张　夜

妈妈，请不要让我　一个人走路
请不要丢下我　一个人独处
妈妈，请不要把我丢在马路
请不要让我　找不到家
请不要让我孤独
我怕遇见怪叔叔
他会将我劫走
剥开我　强奸我　抛弃我
请不要让我死亡
我不想只有在夜晚
乘着黑色或蓝色的风来
到你的床前
我要一天24小时都陪伴你

妈妈，请不要让我　一个人走路

请不要丢下我　一个人独处
妈妈，请不要把我晾在窗外
请不要让我哭泣
哭得昏天暗地　我承认
我怕孤独　我怕遇见怪叔叔
他啊他啊　会将我劫走
剥开我　强奸我　抛弃我
让我的灵魂在空气中飘荡
让我的灵魂无法落地
啊妈妈，那是多么可怕
啊妈妈，我浑身都在颤抖
哪怕我已成年
哪怕我已长大
我还是不能离开你

啊妈妈，你听见我的尖叫了吗
啊妈妈，你听见我的尖叫了吗
那是腥涩的血啊
那是翻丌的伤口
妈妈，请不要让我　一个人走路
我要一天24小时都陪伴你
请不要丢下我　一个人独处
你所不能体会的恐惧啊
它在我身体里乱窜
就要冲破我小小的胸脯
妈妈，请不要让我死去
妈妈，请不要让我　找不到家
请不要让我孤独
我怕遇见怪叔叔

原载中国诗歌流派网“90后诗歌”

青年游

盲 镜

1

那些发芽的青年们，操持外地口音
结义、划拳、以跑马的名义向人类致意

舌苔的炎热，翻身而上，通红脸谱
揣着蒸汽修炼。仅仅一夜
把一头蜥蜴修炼成江洋大盗，在体内兴云布雨

2

凤凰台上，触须抓满夏天的羽毛
饮鸩止渴。塑造卷发，一腔鲨鱼饶舌

车过城西。信封满江南
腹部的琴声从歧义的花丛骑马归来

3

满身酒气，一半被皮靴带走
一半被面无表情的杏花带走

手相磨成艳阳天。那些笑脸
和我们草坡的清白，占有70%甜分

4

琥珀色的妖怪在双核处理器病入膏肓
喉咙喷火，黄蜂频扑，贯穿
那个双腿的盛典。塑料色天空是街道的呜咽皇帝

5

青年的视线，与女高音脑袋齐平
味道辛辣。我们叫它野兽，或者旅行中队的兴奋

肥胖的大陆架，金属豪猪，手提利刃
唇如牙膏，声湿耳蜗
额上瞭望塔，像素朦胧。有个弹孔，在尾注学中胀大

原载《星星》2014年1月

探戈

李　琬

1

四月，他早起，晚报被蔬菜打湿
天桥下弥漫肉体的臭味。
他警惕地避开，但这气味
像影子跟踪他，直到正午。

2

他吃米粉，辣椒使他大汗淋漓
正如二十五年前，他十六，炎热空气里
他突然对着人群跳起霹雳舞
在即将消失的巨大广场的入口。

3

灿烂的春天：一座半透明的监狱
像塑料盒里的汤汁，反射出生活的棕色。
阳光穿过，阳光是男人们看不见的死者
女人们看不见的神。

4

太阳已从西面对准马路。
人群在弹道里接吻，假寐，各自看守梦境。
他走进他们，他是他记忆的中线，分割
过去与未来：两间急速移动的囚室。

原载《天津诗人》2014年冬之卷

线 索

李 唐

我慢慢沉入，像是睡着了
旋即又惊醒。我的双脚
仍牢牢抓着地面，没有陷进去。

阳光从窗子穿透进来，照在
一本放在床头的书的
下半部分。翻开这本书
可以看到你曾经留下的一小块污垢
再也洗不掉了，没有人
能洗干净书上的污垢
现在，你已经远远地离开了
这本书。你没有带走它
而是留下了一些洗不掉的
痕迹。我想，这样的痕迹
可能还有很多。其中大部分
都被抹掉了，比如你
留在这里的指纹。而总会有
一些留了下来，变成某种
不规则的图案，某种线索。
我的任务就是
找到它们，在这个阳光明媚的
星期一的下午。我像是一个
失意潦倒的私家侦探
靠线索过日子。

原载作者新浪博客

时间流

余幼幼

在历史的河流里
自有虚幻的鱼在记录
每一个涉水或者上岸的人

自有漂浮的水草把
乌江的水掀翻了又铺平
自有一副渔网
把上游说的情话故意
漏给下游的人听
自有几个裸露着上身的船夫
跳进江中迫使水位上升

总有来来去去的人
水上的脚印
正好和他们的前生来世
的鞋底吻合
他们走啊走啊
试图走到时间折断的地方
在那里把一段故事
安心地保存下来

原载《天津诗人》2014年冬之卷

孤独的王者

苏笑嫣

我无声地对你说话　黎明
我们的理解、默契 、安宁
如同一个温暖而平静的词　缓缓上升
在夜的青铜容器里熬制之后
到达融合的高度

空气里是去年全部的星期天

流动迟疑　如同行云的静默
桌上的一只空瓶子对着钟摆发呆
我们安坐　静静地等待

整个冬天　全部的日子都是白色
我还有别的什么可期盼？
那种充实着我　又将我流落得更远的
虚无　无边无际
如同一场不止息的大雪　浩浩茫茫

在这个冬天　我是孤独的王者
这个世界上　唯一的人
我拥有落寞的街道　忧郁的雕像
孤注一掷的日落　和
一朵玫瑰在余晖下金黄色边缘的忧伤
宁静环绕我　犹如低声诉说的脉脉温情

但在这个冬天　我是一个
正在忘掉的人

原载《诗潮》2014年第10期

煤炭工人和他的妻子

高短短

有一年，她在阳光底下染头发
满目的油光，红色的
我吓坏了
就记起来她死过的三个男人

埋在地下五百米的煤层里

阳光蒙住眼睑，染发剂的水从眼角滴落
一滴滴血泪，把呼吸溺死
他不能把自己服帖地交给睡眠
晚期的症结，拖着愈加深重的体质

雷声一般的呼噜
惊了椿树丫上饥渴难耐的乌鸦
扑棱棱的飞得老远，没过多久
又回来了，第四个男人，也没了

这一次，哭泣声压到最低，她的步子跌跌撞撞的
扑通一声，落在了河水里

原载《天津诗人》2014年冬之卷

稼轩之醉

景步航

苍茫沙场，寒气袭扰，凄草秋深
狼烟隐隐升起，又消散在辽阔的绝境
浮萍一样的江山，在破碎中飘摇
一羽孤鸿茕茕孑立，暗黑天际沉沉欲坠
唯有冷雨三两点，失落虚空
风声敲打牛皮营帐，征夫犹未眠
杯盏中的美酒，是葡萄的血
是未寒的尸骨流淌的魂魄
醉里挑灯看剑，但见寒光照铁衣

望断乡关，山高路远，归途孤绝
任他黄沙千百战，破不破楼兰无回还
戍角吹响，烟尘四起，风沙飞扬
马蹄踏日月，金戈动乾坤
铁骑卷过，连天衰草间亡灵呜咽
把酒问青天，是谁赢得生前身后名
江山未固，万骨已枯

24层高楼的高度

陈十三

站在24层高楼上，
一个孩子说："妈妈，我要吃房子。"
他站在24层的高楼上，便有了24层的飞翔。

他站在24层的人群中，高高在上，
24层的高度，与麦地相反
在24层中延伸，在24层中延伸的人是弱者，
延伸在足够的空间中
分辨距离。

24层的高度，能使一朵玫瑰飘到很远，
落地，被踩得变形。

就像生活，从高处坠下，
美与完整保持距离。

原载《山东文学》（下半月）2014年第1期

山太慢，来不及喊疼

马晓康

山头被整个削去
露出它沧桑的脊梁
儿时的记忆也随着被削去
方便面里的《水浒传》
石头缝里的蝎子
甚至是路灯下的蚱蜢
山太慢，来不及喊疼
这一刀竟割了你十年

何以面对这沧海桑田
只剩下几户老人
守着最后的一点皮肉
山太慢，来不及喊疼
这一哭竟用了十年时间

绿油油的毛发被啃食光了
是一些金属的爬虫
年轻人给它们带的路
到他们初生的山头
山太慢，来不及喊疼
这一怒不知要用多少年。

原载《时代文学》（上半月）2014年10月

喝　术

予　望

秋裤多保暖，你爱穿不穿
吵架之后关自己在房间赌气，饭桌上只吃米
那时看见不干净的东西就背过身
恶人多胆小，他们说
你道一声喝
没用，最好蒙头等天亮
菩萨缠上红丝带，剪刀倒挂在门背
你十一岁发现自己不会尖叫
女孩子都会的
包括身子骨软、美、含蓄
一样不会，而你狂妄如腾空自驾的云
喝，用生锈的嗓
乱喊一气。七月半
你伏笔作包衣
见灵火放荡如无人之舟，凭空烧起
你仔细清洗家中置放之物
把秤砣轻按在枕头上
打开抽屉
蟑螂一闪而过
松果和莲蓬都由青变黄
你的喝术，已炉火纯青却了无用处
而我再不想养活物
死兔子，蔫花草，鱼埋在牡丹花下做鬼也风流
杜鹃睡三年，浇水不醒
一段粗糙的松木被盘成上好玩物
喝，我两手终日摩擦
论驱鬼效果还是黄桃木最佳

山中寻陆羽不遇

拾谷雨

为了一场雪，我要返回山中
手指上，山河寂静，我们以渔樵问答的方式
摘下霜降后的花椒，我要赶在佛舍之前遇见你
那雪上还留着，破草鞋和孤僧的狂草
乌鸦的墨迹还留在野枣核做的念珠上
沿着秋后的田野走上一趟，前尘犹未了
在某一刻，我们互换白雪上落下的脚印
你开始落花，我开始结果

原载作者QQ空间

出　走

胡知秋

从来都是昭示企图
暴露行踪
有一天累了
你便带上自己出逃
故作高深怕人询问
卸下了情节和词语
轻装上阵
隧道一口一口地
生吞你来时装载的时光
车厢木讷排着队
你木讷地排在车厢里

偶尔一刻思绪走神
你伸头感受窗外
迎头撞上玻璃和一堵斑驳的石墙
疼得视线
无端败下阵来

原载《贵州都市报》“文化周刊”2014年2月10日

一只瓢虫侵占我的身体

冯　谖

它蜷进我发际腹地黑寂的树林
稍事摩挲，继而无甚悬疑地脱逃生天
我敦厚的胸膛，任其翻动、跋涉
似乎勾出它长久的疑困
奇怪那里没有像样的山丘
直到后来挥师私隐部落
它寻机而伏，预备观赏
被帷幕禁忌的浓重喜剧
一只瓢虫侵占我的身体
最早的时候，它甚至亲吻了我
令我因这执着的爱意
唾弃不已

一条途经我们灵魂的河流

程　川

她有着棉花的质地，从嶓冢山破冰起航
向东踏宁强、穿勉县、跨汉中、入安康、汇湖北
一路直抵长江。但有时
沿途的闸门也会以祖国的身份力挽狂澜
就像《诗经》中窈窕淑女的模样
——慢，兵分两路
——慢，分江而治
——慢，缓缓逼近沿途商贾船队
以春天的速度分崩瓦解，匍匐在水车、涡轮的头顶

当所有的火焰都学会摸着石头过河
曾经罅隙般的河道被钢铁和水泥劈出一条通天大道
举足轻重的身份在浪尖上
峰回路转。小心翼翼避开敦实的桥柱
绕过骨头与骨头间隙
一生的跌宕起伏终于在瀑布的诱导下水落石出

我对河流的认知大概也是来源于此
八岁时曾在堤坝摸鱼
一场不期而遇的暴雨加剧了河流的愤怒
我的呐喊远不比流水来得荒蛮、暴躁
在一块突兀的花岗岩上我总算学会了抬头号啕大哭
学会了绝望，与命运分庭抗衡

而现在，我所看到的是羊群们赶在落日之前
饮水，并在残阳中留下集体照
似乎她的过往一笔勾销
苍老，成为中年人的脾性。两岸青草一岁一枯荣

几个顽皮的幼童还在击打着去年的疼痛
我渴了，俯下身来。那种疼痛牢牢黏附在胃里
成为我喝下去的水、流出来的泪

原载《杉乡文学》2014年第8期

我弥留之际

许立志

我想再看一眼大海
目睹我半生的泪水有多汪洋

我想再爬一爬高高的山头
试着把丢失的灵魂喊回来

我想在草原上躺着
翻阅妈妈给我的《圣经》

我还想摸一摸天空
碰一碰那抹轻轻的蓝

可是这些我都办不到了
我就要离开这个世界了

所有听说过我的人们啊
不必为我的离开感到惊讶
更不必叹息，或者悲伤
我来时很好，去时，也很好

原载作者新浪博客

（注：诗人已于2014年10月1日坠楼离去。）

第三辑
生于80年代的诗人

我的辛亥传

李成恩

如果我生于辛亥年
如果我听见1911年10月10日夜
零星的枪响，我会解开我痛苦的小脚
我会跑在中国摇晃的道路上
我会去日本留洋
我会在海上学习日语，然后回国
那一夜我就在武昌
我冲上了街头，但半个月也不见清军反扑

不反扑，并不意味着革命就能成功
同志呀还需努力，该杀的头还得杀
直至挂在城门上，风中的王朝盛产刺客
我就是众刺客中的那一个
我潜入了帝国的后院，我要刺杀的皇帝
有人保皇，有人抢着要先下手

比如那个年代最美的男子汪精卫
比我更懂得暗杀与炸弹之道，但夜太深
失败是难免的，失败属于革命者

北京鸦儿胡同一个出来拉屎的居民
一声大叫引来了警察，一个深坑
一个二尺高的大铁罐子
盖子上有一螺丝，拧着一根电线
一直通到旁边的一条阴沟里
连着一部电话机，这就是革命党的
炸人现场，警察以物找人
找到了打造铁罐的铁匠铺
顺着线索跟踪到了琉璃厂东门火神庙的照相馆
里面一堆革命党，把汪精卫与黄复生抓了个正着
汪在狱中留下名诗："慷慨歌燕市，
从容作楚囚。引刀成一快，不负少年头。"
汪出狱时，路人争睹其风采
一代美男在历史的深夜被一泡屎
毁掉了的暗杀，他的面孔好像整过容
凭着巧舌如簧的口才，凭着英俊与张狂
汪逃过一死，但是回首历史的细节
革命的前夜闪电早就撕破了他那一张美男的面容

孙中山的到达，彻底改变了局面
上班时穿中山装，回乡看望老母与妻妾时
则改穿长袍马褂，习惯了坐轿子
那还是坐轿子吧。但四分五裂的革命党
一下子拧成了一股绳，大家都同意孙中山的
意见，这在革命党的历史上是常见的
他的八字胡，他革命的风度影响了热血青年
剪辫子运动深入大街小巷，浓密的八字胡只蓄在

革命领袖与文人的嘴唇上，而文明棍却不只是
挂在领袖的手上，上海滩的黑帮戴墨镜
拿根文明棍扮演革命的流氓与地痞

凡是造反者先剪掉油亮的辫子，都生虱子了
不愿剪辫的人躲在晚清的柱子后
或者在绸布店里昏昏入睡，怀里的妻妾两眼呆直
我与秋瑾背着长剑，从绍兴城的夜色穿过
革命党人在演讲，他的嗓音里有火药烧焦了的气质
我尊重历史的选择，我更尊重父母的胆怯

在辛亥年，胆怯的父母跪在祖先的牌位下
有人打开了国家的枪械库，下等士兵喝醉了
那一夜我听到了武昌的枪声，也听到了父母的叹息
乡下的财主伤心到半夜，这不开窍的老朽们
他们集体捂紧了粮仓，捂紧了通向革命的路

如果我生在辛亥年，我肯定捧着一颗半生不熟的
头颅，去找清政府算账，为什么要割了我热血的
头颅？为什么要挖出我埋在上朝必经路上的炸弹？
我、阿Q，还有鲁迅先生与他的同乡秋瑾
在帝制变共和的下午，梦见了民国的国父
黎元洪与黄兴我所知甚少，但我认识国父好看的八字胡
还有站在他黑白照片里的国母，她的仪态啊正是我的所爱

原载李成恩诗集《酥油灯》（青海人民出版社2014年1月版）

与祖国书

杨庆祥

现在。停下来。
地铁停下来。看看城市的黑洞。
下水道停下来。吞咽过剩的食物。
路旁的孤儿，也停下来，
想得到本属于他的一口。

停下来，行色匆匆的人群。
看看自己的贫穷和屈辱
无休无止的贫穷和屈辱
被欺骗的人生，被羞耻钉上的爱

还有被污染的一切啊。求你停下来。
现在。
让山河看见
自己的破碎。让河山放声大哭吧

请你们抱紧我们。
抱紧西藏和新疆
抱紧破碎的土和破碎的心

啊，爱人
让我们在破碎和哭泣中
忍受这不能爱的日子吧

原载作者新浪博客

爱，钟楼里的鼓

白　木

钟楼里的鼓
就撞上

几点象牙黑，沧海无声
需要梳理多少
飞沙——走石。什么？有人放生

为什么存在。舌头的侧面
爆破
黎明。黎明是

另外一只手，回到童年
抓住藤条上的字。接受落日，接受整块光的布局

用尘世嘶哑的苦呵护
祈祷之外的爱。细细听来是清风合起尘埃——需要多少雨滴

原载作者新浪博客

家　庭

杨碧薇

我的父亲是荒诞的，
他年轻时杀人越货，
晚年一事无成。

我发育后，他看我的眼神，
让我想起他看他
初恋的那个女人。

我的母亲鬓插栀子花，
总是搞不清自己是否穿了衣服
就去逛集市。
如果有人摸她的左乳，
她会把右乳也转过来让他摸。

兄弟姐妹，一个比一个饥饿。
逢年过节，
总在争抢祖宗牌位下
涂满农药的供果。

哥哥加入了军队，
为推翻父亲，
他光荣地战死沙场。
姐姐只爱琴棋书画，
早就跟一名隐士远走高飞。
我弟弟，强奸犯，
后越狱而逃，落草为寇，
买了个三流明星当压寨夫人。
我的妹妹最后死于艾滋，
许多瓢虫妆点她的身体。

只有我善良而卓越。
那天我朝家门口扔了半截红塔山，
他们的一切就这样统统被点燃。

原载《金江文艺》2014年春季卷

慈 悲

（午后揽书，梦寐得句，乃啰嗦成诗，兼寄周梦蝶。）

王东东

我并非懒惰。如果
有一个我在家，
另一个我出家。如果
有一个我出家，
另一个我在家。

我在楼上看到我
在小区里行走，看到我在楼下看到我
从四楼窗户凝望
看到我沧海桑田，然而在地球上
仍然围绕着我，不知转了多少圈。

不敢说我是我的舍利子
虽然也伫望过塔
乃说我是我的同心圆。
有事外出，不如闭户不出，
回来一天已过大半。

午后读书暑气渐生，
但也容易良心发现。

“收拾残局正斯之谓也……
每一天都是圣贤生日，
作何善恶，成百亿倍。
然以恶攻恶不在此列……”

“在处常得诸贤圣等密作卫护。
尘嚣也挡不住你严密的哮经

和我的脚步，在家门外响起
暗笑有人貌似入定实则入睡……”

我躺在沙发上，书掉落怀里
连南海观音也吃了一惊
弯下腰，所有人都没有看到。

但你说南海观音不会弯腰。
何况，南海观音有三张脸，
不管我在哪里，都能看到。

弯腰只能是为了我，
所有人都没有看到。

佛将看见
我梦游
我绕着自己
绕着佛
我正在寻找我的慈悲。

被盗走的妈妈

戴潍娜

象群般的男人们啊
在海边、丘陵、烛光餐厅和万人喧嚣的广场
挨个儿抽搐发作，后肢跪地——
对求婚者的拒绝，是你人生收藏的勋章

那是往昔！金钻戒作象鼻环的峥嵘往昔！

不料，真正的对手被直送进你的腹腔
你肉身筑巢，在自我内部拉起了铁丝网
对那个曾牵着象鼻环的少女——
（她因懂得自私的艺术而有灵魂，
知道怠慢的技巧而风情万种）
你施行一场白色纳粹隔离
我蜷抱着联想起——
唐传奇中分身为妾慰藉远方良人的贤妻

时间是一截乳白色液体，你的瀑布剪断
（谁听见大象们在跺脚）
在我愉快的吞咽声中你忘却了自己的尊贵
你甘心成为器皿！
我不需要任何财产、条约或武器，只要存在
就可以活活把你逼进灶房、杂役和倒满洁厕灵的洗衣机
四岁那年我们蹭着脸蛋挤进牡丹牌圆镜
我懊恼为什么妈妈那么白而我那么黑
不用急，我有耐心将白嫩的你从镜子里
一片片剥下来贴到自己脸上……
像每一个被迷惑的房客恋着租来的青春时光
你义无反顾地——
鼓励我分分钟对你实施最严酷的盗窃
我每天从你身上多盗取一点，
你就更爱我一些
我披满你的细胞，但并不证明
我可以代表你再活一世
当才华、抱负、远大前程这些事儿终于与你无关了
你得到一个名字——
叫女人

原载《天津诗人》2014年冬之卷

春　秋

李　浩

你将秋天的雨，存入金库
两排杨树指出你是一朵云
你走在街上，捧着夜晚

从此昼夜不分。每个心爱的时刻
你都捧着夜晚，每个心爱的时刻
你都在云中，折叠纸船

你站在夜空对面
孩子，幸福　如同雨中的蘑菇
露出的蔚蓝

原载《读者·原创版》2014年第11期

小满将至

阿　斐

今夜
祖国变成蛙声
幸福变成真理
茶变成醇酒
我变成我
一切只因为
洗过澡的身体
干净

轻盈
圣灵的白鸽
从天上降临

原载《东方早报》2014年6月5日

母 亲

周 琦

母亲的修辞能力
让我佩服

她失眠，跟我说
在床上像烙饼，翻来覆去

儿子跟她要东西吃
她说，张着手，像蓖麻叶

我们经常聊天
聊她上学的时候

在课堂上
打麻线、绞袼褙、纳鞋底

而，老师讲课
就等于讲给风听。

我讨厌她

锤　子

我讨厌她
不想见到她
她的电话我不接
短信我不回
避免去她常去的地方
这一切源自
我讨厌她
不想见到她
大多数的时间是这样
只是偶尔不同
我打电话给她
不说我想她
不告诉她我讨厌她
我打电话给她
不约她吃饭
不和她看电影
我打电话给她
不会说太多
也避免她话太多
我偶尔想她的时候
也讨厌她
说得太多

星夜十四行

谢长安

我们仅从圆间银栅栏的空隙
看到夜鸟泅渡夏秋。狱卒老了
宇宙华发苍郁
惟余垂悯之眸，拯救之手
那慈爱指尖收取蓝光道道
如同玉茧被抽剥无穷丝绦
经纬纵横半生，残躯悄然游隐
穹顶四极尽显无垠辽阔
供你远翔逍遥
如同那年蝴蝶破除阴影
美羽瞬间照亮
一座大牢转眼沦为废墟
它远离暗黑中心
拍翼声光复一应故土城邑

原载作者博客

辛亥年

黄　涌

早起来
新闻不断

一只猫偷偷溜出走廊
他漫无表情地抬起头

不动声色

谢小青

现在我已经学会不动声色
山也是，无边的绿色也是
闪亮宝石也是，将宝石与赝品
放在一起，我们就成了盲者
我看见蝴蝶的翅膀一张一合
许多的学说就关闭或打开
一个逝者远远随在我身后
我在明，他在暗
亲爱的，我想要的东西藏在被窝里
你想要的东西云一样总是抓不住

原载作者新浪微博@长沙谢小青

松果搜集者

陈巨飞

我隐逸的语言庭院，种植一株莫须有的松柏。
它，枝繁叶茂，四季长绿。
我不是船，
能渡过弧形枯河。也不是梯，
可以到摩天大厦，去找黑镜子。
我的语言庭院，
依然一派萧条肃杀。
灾难岁月的冬季，我看见杜甫
白苍苍的双鬓飘满怀旧章句。

在累累伤痕与砭骨寒风之间。
在深信和质疑之间。
在已逝之物和将来之物之间。
谁都看见了立场不稳的树及处惊不变的河。
我痛恨那条死河。
我想起始皇帝和萨特，
一个是专制的松果，另一个是
傻不拉叽的存在的蛀虫。
我的收集暂时不包括他们。
长城跌落到清政府的海碗里，
空谷里的始皇帝，
不知道存在主义。
我不是松果体内的疼痛，我不是
秋日河畔上那一只飞离现实之泊的白鹭。
原野丰盈，果实饱满，
人世的幸福不过如此。

原载《蓝诗歌》2014年卷

墓志铭

阿琪阿钰

我的生平你们要写下：毒已入骨，无药可救
认识我的国王们要把我的骨灰撒在世界的最高峰
让我离上帝最近离红尘最远地看到整个世界

原载阿琪阿钰诗集《漂泊在宋庄》

给妈妈打电话

阿　步

打电话的地方有水
一片一片在洋灰地上
像那些滑稽女人头上的大红花开着

远处有雾，有灯光
我避开，我想在谁也看不见我的地方
给你打个电话

想起禽流感那年
你围着整个村庄寻找那几只鸡
你站在滹沱河岸边的高岗上
一边迎接着回家的儿子
一边叫着那几只母鸡

那时候，我没发现你老
只是觉得你手里新折的柳枝上
小细叶真绿

可回头再去看
你竟是那么荒凉，就像我脚边
这些被天空抛弃的雨水

原载《人民文学》2014年第6期

在五道口地铁站

苏　琦

马与鹿之群一群又一群。
渔网不停地撒出，撒出。
泉水节奏地汩流、漫布。
如种子，使大地年轻。

在他们左边，斜坡停止之处：
一个真正的行为艺术家？老妇人灰色，凝重，又可爱：
她坐着，躲于灰色的臃肿之中，
三条灰色的小狗穿着花衣，在她身边无忧无虑地嬉闹。
她在活着，或曰在乞讨。
她灰颓地萎成一座多褶皱的小丘。
她既在上班，又在赋闲，
在黑色生活的底部化解了苦难：
一种无力的白色的理解。

两股扭结的长发般的水草相对流动、流动！
马与鹿的混合群涌动、涌动，脊背的黑色波浪勾勒出青春的力量！

有几个人，像渴望插入长句子的逗号，
黄色、白色、黑色、红色（只有白色和红色没蒙尘），臃肿，
做着时尚又寒冷的生意。
而稍远，在虹之桥下的阴寒里，古老的驴子们在打转，
一边拼命地吆喝着没落的生意，一边用
灰眼的余光、竖立的黑长耳朵警觉着。

马与鹿之群涌动、涌动，脊背的黑色波浪勾勒出青春的力量！

这点缀些白色、黑色、棕色花朵的葵花林之流，
世界在这里交叉、相互染色、勃勃地涌动！
只在一些特别的时刻，这马与鹿之群停止、纷纷聚集。

宛如童年的抵暖。
宛如集会？
宛如看客观望着时代倏忽、隆隆地驶过。
而后，
蓄满青春的四个湖打开闸门，沸腾般相对流淌……稀释。

原载作者博客2014年6月9日

因为你并不是一到清晨就醒来的人

木 寻

是这面墙挡住了雨
是这面墙所以

你不能渗透

是这一种爱恨繁衍
这一种病

夜风中走着的人，你的呼吸带来群星的
震颤，但闪烁的
不是你

需要一位妻子打开城门
需要婴儿啼哭

来证明我们
都从那里来

你被安排了一位母亲
若干可能性带来父亲：
承诺、尊严或偶遇

她（母亲）的痛苦日日更新、始终纯洁
童年开始目睹
这些悲欢逃不出一生的边界

他（父亲）在四面坍塌的夜里行走
某一天你们终于变成
同路人

正是那一天
头发变灰

原载《翼》第八期

一个人

老 四

一个人喝酒，一个人抽烟
一个人摆龙门阵
小屋腼腆，亲朋无一字
一个人摆弄钟表上的刻度
一个人睡觉，代替十个人回到梦乡
一个人回到过去

一个人写下诗行，约谈十个自残的土匪
在文字里持刀远行
这么多年我只是一个人
一个人坐公交车，车上空无一人
一个人上班，单位空无一人
一个人赴酒局，宴席上空无一人
一个人在人山人海，人山人海里空无一人

原载《人民文学》2014年第7期

滞留者素描

胡　桑

飘蓬忽经旬，今此又留滞。
——余怀

一

在雾霾中，他走过一片街区，
国定支路像一个忍受着沉默的岛屿，
菜场的叫卖声加速了他的漂移。

散步犹如一场收集误解的旅行，
他醒来，脚上踢着
疑惑的落叶，在歧义中徘徊。

初冬的树叶已被装载，而骄傲
使垃圾车失去了平衡，
他一边走一边低语：“是我。”

这两个字消失于汽车的鸣声中。
他走入暮霭深处，一阵刺痛
找到了他，寒冷在加重。

二

接受一场失败。窗子关闭着，
提防着浑浊的寒冷，
但是无法抵挡屋内逐渐增加的黑暗。

通过距离，他几乎不能认出自己，
然而在行人的脸上，他看见
无从兑现的乡愁。“这就是我。”

一个偶然的自我，在这条路上
花掉唯一的十分钟，在思考的
片刻，云朵已越过这片街区。

他回到这里，每一次呼吸
与另一些生命分享着同一个节奏，
隔街的遥望减轻了他内心的恐惧。

原载《天涯》2014年第4期

即　景

白　度

得于一场安宁，整个下午都在窗前
有着四边形的心情与圆规的双脚
定格在一角
周围的人用着不同的方式与我交谈
瞬刻之间我看到人类骨骼的结构体
有着律法般的硬和牙签一样的尖
挡在我面前的不只是一层玻璃
几棵树，几条马路
几辆公车停在那里，说不定他们躲在一起
互换着利益，大多时候我们的痛
来源于他们之中
这些被喂养的恶毒分子
什么时候可以软下来，供我们吞下去
哦，我的同胞们
我们却有着相似的恨意

拈花者

茧　衣

我只做拈花的动作
从不碰触你的疼
从这里沿着盘山路上去
第七个转弯处
有我一间小小的房子
每天烧水，做饭

读一些关于植物学的书
黄昏的时候去看你
傍晚回来
我只唱拈花的歌谣
从不说出我的疼

青岛笔记

吕布布

大部分时间的感受如同秋雨刚过，海水蕴含暗示，
偶尔会波及对岸。荫蔽的核潜艇基地喷涌出现实之外
必有的幻景，在森严转角，六棵古银杏就要被云遮蔽。
它们是崂山颗粒状的风，或少年法显，闪烁在出版物中。

记得机场附近青啤飘逸，原浆的浓郁之后，是漏电感的
苦。返回旅馆又看到海，人们在如幕深蓝中起舞，景区
苹果园进入最后的成熟。我独自经过橙色的教堂，无梦，
无对待“随俗”的态度，以至盛夏雾重、如秋、浮生浅。

太阳转至躺椅背面，劈柴院人声渐至，我跟海鲜店老板说
可不可以带走一只活的海星，她告诉我的同时手指在流血，
所有的海星都是活的，你放心。那洁白的硬壳对称的三角，
反弹胶东口音，让我想起日韩，站着睡去的人，纤细如鼠。

立体主义的年轻人（36）

憩　园

端午节不出远门，在家洗澡
为了睡觉。为了有多余的时间
好好折磨自己。没办法，就得这样
时时训练抗击打能力。网上说，

澳洲有个男人特自恋，每天早上
都会被自己的帅惊醒。我没去过澳洲，
也不想去。除了房贷、租金和生活费，
我没更多的钱，也没时间。

不过，我不悲观。只是常常惊恐于
我的周遭。倾斜的车辆、密封的建筑
以及子弹啪啪两声穿透胸口。
这不是诗，这是现实。
属于我们。

有人会替我们担心吗？
我每天都在担心别人。没用，
地球人都知道。我讨厌这种情怀，
甚至，有点恶心它。

我羡慕眼前的金毛。
它2岁半，喜欢和人在一起，
没选择性，凭靠本性。
路过的人都爱摸它脑袋，我站在
一旁，很满足，都归咎于它。

一条狗，毕竟是短暂的；
它给我们的欢乐，也是。
但我愿意为这短暂写作，以及
此间出现的老头儿，我祝福你们。
我希望大家都能够，慢慢地死掉。

青年简史

钱　磊

一定有足够多的悲喜
让我们痛哭。余生远未收场
还会把愤怒、谄媚……
和自省，纳入一个人剧场的
表演。是生活的屈辱
吞噬掉荣耀，每天都要注入
麻醉剂，才能狂欢。如果
把修辞剔除，漫长的时间里
泪水分泌出矿石，要用
怎样的语言，方可触摸坦途
你见到患者被诓骗，在白纸上
领取死亡；政客昏睡于圆桌
玷污你勾勒的图景。他们——
以为权力是永恒的尤物
豢养在不可逾越一步的雷池
而我们每天总是承受沮丧
眼见悲剧瓦解了存在的哲学
也无力抗衡。那些高傲的人
与词语媾合并讲授
尊严内部诗意般的结构，似乎

你再次触摸到革命的底裤
但它仍只是婴儿。你与之为伍
这样的真理，已经把你
喂养得像一只成年宠物
但为何不见枷锁？不见驭者
颁发的最佳荣誉。难道是
动物界戏耍的伪装？是植物
应对季节无辜的吹捧？
多么可耻啊！在异乡读到
自己写下的降书。你呀
不再有诗人对命运的狂想
与炙热。暮色将一根根
软骨头包裹，仿佛是
领回一群被宽恕的孩子
你走在其间，尴尬的秩序使
身影短缩，陷入年龄的泥潭

与人群无关

覃　才

九月的夜晚靠近秋天
在郊区的公路上
凄迷的工地灯光与地摊的桌子
像夜晚的一样冰冷，模糊
它们机械地招待那群学生时代
那群青涩的酒疯子
十二点的钟声到来了
我又一次走过被拆除的旧址
寂静的地面上

邂逅几个陌生人
光的黑色背面里的影子
朋友的音讯全无
又是如此，这个安静的小村
最熟悉我的
依然是甜美的风和暗处的草丛
我总是跟着它们寻找我隐蔽的住处
及与人群无关的朴实

半　拍

田晓隐

一滴泪里面有一把锉刀。每一次破碎
都没有光亮的棱角
蝴蝶到过的地方，我没来得及去
花朵就已经凋谢。提琴师已经失忆
我总是慢了半拍
风化在石头上的蝴蝶斑正慢慢卷曲
有没有人在雪地饮酒。转告我春天的责备
来的路上。有人在
抽打陈年的葵盘，让种子带着疼入眠
我的关节炎再一次发作
就像蝴蝶扔出的半边翅膀，刀一样卡在骨缝
铁匠铺的伙计换了一批又一批
只是淬火的匠人一直在
是的，他是这条街道的天气预报
气流铅铁般冷硬。提琴师的指甲越磨越黑
有多少只蝴蝶不再是春天的隐喻
而是清明时节在大地飞舞的纸片

慢半拍。我看见对着一畦油麦菜谈哲学的圣人
给钻出油菜花地的诸侯让路

你知道我在下雨吗

巫小茶

下着，就对了。要是不下
就没有人知道你是雨
你可能就这么
死了。下吧
你的生命，像一个人在世间完整地活一次
仿佛你当过小孩和母亲
做过工人、店员、推销员和骗子
不小心去东莞赴约时失踪
失去手和脚
偶尔你也去当妓女
更多的时候，你是一个白领
辞职去西北支教，种过土豆、骑过骆驼和马
雨落在他们的脸上
却一直都没有尝够土壤的滋味
还想抚摸那些
死去的骨头
在那里，你会看到生命的尽头
你像带来一场洪灾一样扑灭一场大火
在蒸发与淹没中恐惧、颤抖、继续前行
直到梦醒时分、星星点灯
一棵小草探出荒墓，触摸你最后的存在

筑塔师

叶 丹

“我甚至想将自己的枯骨也砌进塔身。”
在山巅建塔，就是挖一条通天的渠，
然后用天空之刺探索灵魂升天的秘密
航线。你放下手艺，下山访物，
“塔可以给黏土一次不死的机会。”
那夜花园长谈，你说服了畏高的黏土。
你独自烧窑，炼出了它们火红的内心，
挑着砖块入山，置于寺中的深井：
“这砌塔的砖块必须经井水的浸泡，
只因这井水之甜能冲淡它的苦涩。”

夜晚，团团包裹住山顶的橡树纷纷撤离，
“建好地宫和塔座，塔就几乎完成。”
塔身在你的注视下繁殖，一夜便能矗立，
你立于其上，你就是与星辰比肩的刹顶。
而世界正在溶解，连同砖块之间的
冰川，你终于将腹中的老虎释放出笼，
而一段枯枝扎进你的身体，重新发芽。
“如果我能准确地分辨人间的七种悲音，
塔将继承我脊梁的挺拔。”“像塔这般的
亚洲乐器，唯有换过骨的人才能将其弹奏。”

滴水记

棒　莽

贡院墙根街左拐。路的尽头叫做关帝庙。
芙蓉街左右铺开
又回来。鱼肉丸子的芙蓉街
臭豆腐的芙蓉街，垂柳
在街口横成一排。
当一滴雪融水隐藏了锉金之力，
屋檐浮在清代，
而木鱼石带着昌乐的地质记忆说道：
请把我吃下。请把我的回声吃下。
发传单的芙蓉街。蒲松龄端着茶杯的
芙蓉街。成群结队的小狐狸
在排列整齐的瓦砾间练习变身术，
芙蓉街的变身术，
雪融水的变身术。
我在小酒馆的二楼，与董芸对坐。
不如《齐音》与《广齐音》对坐。
窗外弥漫着妖气。文庙之门紧锁。
屋檐上的摄像头对着我微笑。
谢谢，请给我一滴雪融水，给我一柄利刃。
只是回声在说。

排 队

艾 蒿

在医院挂号处
等待交费的时候
他突然对我说
想去厕所
我让他替我排队
向前台服务员问了以后
我回来告诉他
上二楼左转直走
然后右拐进去
靠右手边
就可以看到了
过了一会他回来
慌神地说：
我没有找到
也不识字
到处都在排队
也没闻出
有厕所的味道

原载《新世纪诗典》2014年10月12日

蝴蝶胸针

蒋志武

此时，城市的温度
将云朵逼向更远的地方

而信仰的放大镜对立在极寒的北
蝴蝶已死，冰冷的薄翼
和风干的身体闪着更真实的情事

短暂的昼夜，蝴蝶损毁
蹁跹的翅膀留下永恒的磁性
花粉的喘息，风儿的呼啸
我将在黑夜的绽放之中聆听
并均衡地经过我的身体

我无法剥蚀这即将熄灭的火焰
那将带来文字的隐幽
我更无法在空虚的城市里埋下炸药
或者预设一场雨的来临
虚构的影子是那么脆弱
我们轻易打开，我们也将轻易消亡

这枚小小的蝴蝶胸针
是残损的季节和断翼的蝴蝶最后的杰作
活着的人将佩戴出席盛宴
并讲出难以置信的语言

原载《北京文学》2014年第2期

陌　生

甫跃成

三天两夜，我们挨得这么近。
吃在一块儿，住在一块儿。

目光无数次相接，过道里
无数次相让。醒着的时候，
她就坐在我的身边，
听音乐，看报，嗑瓜子，
偶尔伸手理一理头发。
睡着了，她离我不到两尺，
表情宁静，呼吸均匀，
胸部在毛衣下健康地起伏。
她有好看的眉毛，嘴唇，
精心修剪的指甲，薄薄的被子
藏不住出色的曲线。她翻身，
一只手就搭到我的肩上。

我不认识她。
我在西安到昆明的火车上
跟她待在一节车厢。

原载《边疆文学》2014年第4期

他已经认识了冬季

江　汀

他已经认识了冬季，
认识了火车经过的那片干枯原野。
城市在封闭，运河上有一片绿色的云。

进入黑暗的房间，像梨块在罐头中睡眠。
他的体内同样如此，孤立而斑驳，
不再留存任何见解。

可是旅行在梦中复现。在夜间，
他再次经过大桥，看见那座发光的塔。
它恰好有着慰藉的形状。

缓慢地移动身子，他做出转向，
在这样的中途，他开始观察
来自邻人的光。

原载作者博客

怀念那段黑暗的日子

秋水竹林

这些年，从烟灰缸里倒出来
什么都是灰色的，比如记忆的纸屑
时间的痕，生活加速变形的轮子

你说：真怀念那段日子
我们是两只饥饿的小老鼠
借着黑暗咬城市的米袋
你还说：有一次他差点丧命
含一口粮食，一拐一拐地回来

原载《诗刊》2014年4月号下半月刊

废虎集

王西平

埃博拉病毒来袭，冲撞港岛
海水像饶舌的守尸人：谁在前一秒死去
谁就有资格保持静默

边疆寻事，内陆穿戴钢铁马甲上街游老虎
泥坯屋上掉落下来的大神
斜插在马路上

携枪支上山的是贱民
即使猎物终有一日灭亡，他们的叙述还将存在
并且会重复着走下去

英雄在返回的途中，收缴了扦扦活果球
不，他们不是无家可回
而是烟云深锁有家难归

狸猫从善盼天国，宋人的瓦罐
“比理查·韦德马克刚刚才艰苦穿过的
莫哈韦荒漠还明亮和寂静”

所有的苍蝇，都是被追踪的徽章动物
他们是猫的失败之山，也作为被水击散的虎衣
堆积在灰中

塔尔寺

诺布朗杰

1

太阳劲照，另一半在天空燃烧

蓝色的天空，伸出云朵
高处，语言的石头落下来
落在历史的遗址上
先形成塔，后形成寺

2

宗教的风吹着鲁沙尔镇
庙宇渐渐浮现出身子，扛起格鲁的天空

时光沉淀，积累日月
盏盏油灯突然睁开慧眼
顺着法号声传向远处
一个圣洁的时辰，佛的真身缓缓而来

3

宗喀巴大师的智慧从一株白旃檀诞生
时间深处，厚重的经卷里
开始有红衣喇嘛出没
我们可以目睹修行者由人成佛的过程

香炉中的桑烟均匀众生的呼吸
骚动的尘世渐渐趋于平静

4

菩提结果。结出壁画、堆绣和酥油花
坍塌的哀伤再次呈现
那些丢失的记忆似乎慢慢回来

被凿了世世代代的壁画
被刺疼了的堆绣
被艺僧温暖了千年的酥油花
一时间渗入雪域
一尘不染的词语洗涤它们
并且诉说出它们内心的秘密

5

金瓦殿内，年事已高的喇嘛盘腿打坐
他早已取走烦恼
刚闭目，明晃晃的光芒就迎面而来

金瓦殿外，一束束野花
将自己完全打开
隐藏在它们体内的疾病和灾难
待在暗处。无人察觉

离金瓦殿不远处
一群群鸽子在低处虚构飞翔
比鸽子低许多的是佛
在草丛和土砾之间，佛审视众生

虔诚的朝拜者把低处的佛
高高捧起

6

最后的太阳燃烧后的灰烬
在语言的石头上颤动
是塔。是寺
是遗址

原载《西藏文学》2014年第1期

无事可做，我就一个人悄悄地哭

杨　康

在这个城市待的时间久了
我就像洪峰过境时漂在水面的船
任何一次袭来的激流都可能是我的灾难
生活在这个城市，我多少有些惧怕
我一次次走出房间，无处可去
又返回房间。我安静地坐在房子里

实在无事可做，我就一个人悄悄地哭
在一个天空低沉的傍晚
我指望天气预报说的那场雷阵雨赶快落下
我希望看到闪电
我期待闪电可以触及我内心的孤独

原载《扬子江诗刊》2014年第4期

孤独篇

刀刀子

孤独无处不在
在人群众多处，在悲凉侵入的骨髓
从烟草抵达气管，从缓慢的癌变
从每一寸光阴将我染老
际遇是发黄的爻辞，而一生就是难解
的下下签，你不知道造化如何弄人
如何弄你，弄他，如何弄我则费了大劲
我正代替另一个忧伤而心碎的人
在夜里不眠，在黎明醒来
在你苦心建造的坟里
为自己做好寿衣，打好棺材
许多次，独独从梦里哭醒
张目四望，结实而丰腴的寂寞
像年事已高的老妓女，将抽泣不止的我
死死抱住，而我只想返回梦里
告诉我，我仍在，我活得并不比从前更无意义
那一刻，我还要代替自己忧伤而心碎的父亲
白发人送黑发人，看着自己勇敢而清晰地
死在洛河之畔，而水面蓝得仿若灵堂
而太阳像一口痰，吐在有病的天空

骑士歌

罗 铖

我是来自东方的骑士

在马背上以笔代剑，以墨替血
饮晨露润喉，唱故乡的童谣
写自由的诗歌，然后独自去远方

异乡河边的女子，一见钟情地
把她还给流水，崎岖的山路上总有好故事
遇到小狐仙，我就说："跟我走，我是骑士。"
然后，掏光她的眼神，装在酒壶里

小酒馆在松林铺，月光溅湿了马蹄
这瞬间的景象，我仿佛来过
是前世吗？我也要喝上十八碗
再等等腰挂宝刀的武松

"兄弟，今夜只喝酒，谈诗，说说兄长和嫂嫂。"
月光是慈悲的念珠，悬挂在茂密的树枝上
只要闭上眼睛，这静谧中的热血
水一样，有清澈的倒影和洁净的微光

再走，就是秋天了，百草枯黄，马儿瘦小
晨露也凝结成霜了，小狐仙在酒壶里露出原形
有一条孤独的尾巴，江山萧瑟，武松兄弟出了家
再走，流水也枯了，石头是大地的伤疤

也是我的，凉风扑面，我要停下来
与渔翁订忘年交，就住在船上，水逝云飞
我在月光的影子里静养，忘记所有的荣辱
去南方，靠近大海，成为水的暮年

原载《星星》2014年第4期

母亲很多次偷偷读我的诗

左 右

母亲喜欢读我写的诗，虽然很多她看不懂
但每一个字读得很慢，老花镜不知擦了多少遍还在看
我不让母亲看并跟她抢，她就跟我干着急
有时候忘记了给父亲做午饭，挨了父亲的骂
每次像个小学生一样看着，看得我心疼，并开始
把家里的诗刊和报纸藏起来

她好多次趁我睡着了或者不在家的时候，拿着凳子坐在院子里
一边读一边翻字典，读给脚下正在啄食的小鸡听
读给凳子下斑驳的树影听
读给来往的路人听
读给立在她身后默默抽烟的父亲听
有时她发现我出现在门口，就会红着脸读，读给我听

原载《人民文学》2014年第2期

续命交涉

董喜阳

从迟到中醒来，我的世界
追赶不上。因为懒惰
或是疲惫在我身上潜伏得太久
暴露的时间，无法外交
很多时候，诗歌跑得太快了，也很远
像一辆公交车路过虚无的站点

那个傻等着撑伞的男人
是我。价值在兜里，一条命
揣在那，哦，是的。
我说，从诗根断裂处开始
我们体内挤满了“九斤老太”，细线
连接瀑布，阳光如刀子切断
流淌的可以是血，从水中
丢失，又在潮湿中捡起。我的命
在诗里活过，死过，如今
替我活着的人，迈向自然的低处
而我还没有学会替谁续命
倒像我的诗，从翻滚的方向与我
交涉，肉体上却寂静无声

雨后的乡村

山　叶

阵雨过后　蝉恢复了鸣叫
它们停在各自的树冠中
有时雨滴坠落　惊慌地飞离树梢
阳光重新打在雨后的石桥上
桥下流水因雨水的加入变得湍急　响亮
水草茂盛　溪鱼追逐
蜻蜓盘旋在高处　它们深知飞行的奥妙
也曾低飞在下雨前的乡间小路上
翅膀从不会被雨水打湿
此时　气温在下降
不断拉低落日在空中的位置
有一刻　余晖疲惫地洒向湿漉漉的山村

电线杆是大自然手中的魔法棒
它把黄昏中的村庄一个一个点亮

没有了

庄　生

没有了那远山似的风景，没有了
没有了那暴雨过后月光下穿梭的鱼群，没有了
没有了那撒腿往疯里跑的灰兔了，没有了
没有了那咿咿呀呀脚踩打稻机了，没有了
没有了那放牛路过草丛看到鸟巢的惊喜了，没有了
没有了那村后绿树成荫的树林了，没有了
没有了那天空上布谷鸟的叫声了，没有了
没有了那夏天西北雨过后清晨池塘浮现的草虾了，没有了
没有了那放干水洼处烂泥里掩藏的鳝鱼泥鳅了，没有了
没有了那挂在荆棘处密密麻麻站满马蜂的蜂巢了，没有了
没有了那锄头一翻就出现的用狗尾巴草串起来的地瓜蛹了，没有了
没有了那菜叶上肥嘟嘟的小虫子的青菜了，没有了
没有了那给小伙伴抓头上虱子用指甲掐起来咯嘣咯嘣的，没有了
没有了那起早摸黑挑着鸡鸭鹅赶集的乡亲了，没有了
没有了那村口给老人小孩纳凉的大榕树了，没有了
没有了那秋收过后稻田里穿衣服的稻草人了，没有了
没有了那一毛钱一包用小勺子吃的酸梅粉了，没有了
没有了那穿补丁流着鼻涕趴在地上打弹珠的小孩了，没有了
没有了那敲锣打鼓的哭哭闹闹的喜丧了，没有了

什么都没有了

原载作者新浪博客

缓一下　现实就进来了

张兹旭

醒来时
总有几秒钟的时间
在想，我这是在哪啊
天上，人间
家乡，异乡
国内，国外
是生，是死……
缓一下
现实就进来了

原载《深圳晚报》

晚　秋

北　残

大地真干净
只剩下些阳光游移不定地微漾
我站立在无穷后退的秋天里
像一个吸足了水分的孩子
理解不了秋风残忍的扫荡

在由许多花儿编织的围城里
有低飞的鸟儿掠过草丛
另一些声音，窸窸窣窣
其实，你和我怎么知道呢

它们正在进行着仪式上的告别
有的正在开始，有的已经结束

原载《作品》2014年第8期

大风歌

曹　谁

大风从远方吹来
穿过整个大陆
一块块土地次第翻起
在我们的面前停下
大风吹起你的发丝
我们的嘴唇穿过发丝相接
在这茫茫的人世
我们相爱多么不易
我们在生和死的边际奔跑
我们仰面对着星空说
任百世千劫的大风吹过
生在一起，死在一起

原载作者新浪博客2014年10月9日

黄昏书

六　指

我的树枝已藏不住鸟鸣。落叶
一直铺到，一个人荒芜的内心
我的江山瘦下来，守望江山的人
也瘦了下来。怀抱镜子，流水
取走我们的倒影，它们疲惫
晃动，弱不禁风。落日，在你的
桥头。也在我的路口，像红灯
留给赶路的人群，我们速度太快
甚至没有赶上自己的灵魂。偶尔
我会俯下身子，和路边小草交谈
交换彼此的枯黄。是的，我不比
一株草更加孤独。在乍起的风中
向它们学习如何调整身姿，迎接
兵临城下的霜降。起身寻你时
光线开始变暗。墨蓝色的云朵
向暮晚的山脚飘去。远方的事物
是你遗留的潦草处方，在我的
记忆中，生着鱼鳞状的锈。伸进
口袋里的手，因摸到陈旧的信封
而莫名地悲伤。寄给你的黄昏
已布满夜色，成群的蝙蝠在集结
如时空的拉锁将白昼与黑夜缝合

原载《诗林》2014年第4期

在田地焚烧麦秆的亲人

张　坚

在我左侧　铁轨一言不发
它和我一起伸延
它似乎一下子明白了我内心
的孤寂
这是亲切早晨
我从母亲大腿
一直爬到她腹部
这些坚硬铁轨
就是她的妊娠纹

中原大地上
早晨没有钟声、警报
只有弯腰的亲人
在我右侧
像拾掇遗落的风俗
拾取遍地麦秆
在我远远窥见他们的一瞬间
他们又像护佑孩子一般
抱紧麦秆

我的眼睛模糊了
我甚至以为他们和麦秆
一起溶烧了
他们终于满面污垢走来
他们头顶的天
像一只倒扣的碗

分寸

天岚

这个冬天无雪，也无像样的阳光
灰蒙蒙的天，像上一辈的债，压下来

这个冬天的河，不结冰，也不远流
只有疲惫的游子，坐在河岸上长吁短叹

多少逆来顺受，都已斗转星移
多少江湖恩仇统统抽刀断水，一了百了

这个冬天，雾霾锁城，交通阻塞
有人忧愤连天，有人一剑封喉

谁会信，一头动物突然开口说话
他离群索居，死去活来，修炼成精

谁会信，每天都会有雪落在纸上
说不清道不明的人，就像被苦难折磨的畜生

此时，有的河流已经水落石出
更多的事情仍讳莫如深，将被冰封

有的山冈已经拒绝登高
有的土地仍在开墒，收支万物

冬天的孤独，像一棵树在北风里赤条条站着
像一粒尘，卡在尘世的喉咙

这个冬天，我遇见美人，也遇见了自己
她收放有度，我却失了分寸

原载《凤凰》2014上半年卷

莫言非故旧，相识已三年

林　溪

如果能隐去更多的细枝末节，爱可以恒温
三年如同一日，每每相对
真假不辨自明。良友抑或敌人不分良莠

我们却掩着彼此的偏旁，只露一半给对方
缺一个棱角，缺一块会意的脸色
莫说三年，三十年如一日，又该如何？

被忽视的一日三餐，也有自己的真面目
杯盘狼藉的桌面，唯有残羹剩饭串起
维稳的焦灼。默默相对的人，情欲的奴隶

这不是他们的错。毕竟陷入城池的
不只这一对。明月有心，沟渠却四处横陈
簇拥两难，两个叵测的心如同覆水

还是算了吧。如何指望能从虚无之中
扯出一匹黑马？白马也已疲倦
这杂乱的人间，仅仅剩下一颗皲裂的壳

生活像一片废墟，革命的路上到处是暴民

他们把兵器藏在腰间，我有一把手枪
时刻准备着瞄向自己

原载《建安诗刊》2014年创刊号

第四辑

生于70年代的诗人

依靠

朵渔

雨夹雪之后，雾霾越来越重
临时搭建的窝棚上搭着湿漉漉的苫布
一根白铁皮的烟囱里冒着轻烟
小女孩发梢湿漉漉的，招呼我进了窝棚
她母亲躺在床上，旁边挂着吊瓶
父亲去了工地，还没有回来
她想找个东西让我坐下，转了一圈
搬来一个木桩，用衣袖擦了擦，有些窘
她已会做些简单的家务，她那么美丽
却只能生长在这样的地方。他们一家
互为希望，互相离不开对方。

原载《诗江西》2014年第1卷

轻叹的木梯

黄明祥

嶙峋的老头腹内空空
露出肋骨运输时光

悬崖，从海面
或原野抬头而立

我想到达，想离开
想以稀疏的节奏遗忘

东海水波，从不冰冻
一停即死去

石头稳定
里面有全部陡峭

皱纹像腐落的云层
雪正从梯的顶部走下

忍

李建春

要忍住悲怆，要忍得住。
要忍住现场。
直接、急切的爱，我在你们身边。

我围观，但我站过来了。
脚印是我的正义，摄像头
给我指证。

也喝茶，也玩石头，也交流音乐，
我练习一个空间，
一手挡住悬崖。

阵亡记

——兼怀吾友马骅，曾承诺每年告诉他一点尘世的消息

廖伟棠

耀眼而中立的夏天不置一词
……亦不过问一个人死去的方式
——W.H.奥登

恰恰在你失踪十年的那天，
黑鸟深夜哑啼，
我目睹自己在火网交织中死去，
就像澜沧江里的善泳者
最终失去联系。

你告诉我激流就像火网交织
为你琢磨了一个金刚身体，
你的沉默为大多数人的沉默提供了理据，
而你的愤怒却明显不是。
那么沉默怎样安葬我的哑啼？

树枝伸出援手，
猎人也不吝啬他枪管结出的樱桃，
这虚拟身体无疑将会扁舟渡海
却不是沸腾的泥牛，
黑鸟在它的耳蜗里面寄居。

十年足以令一个歌剧院荒芜，
无论是否你钟爱的女高音唱出。
你知道最后一排坐椅底下躺着的尸体
正幽幽念白黑鸟最黑的唱辞：
你知道沉默怎样雄辩我的哑啼。

不是那水上行走着的
灰衣的杂技诗人，
他的哭泣始终和你我一样，
他笑起来却大大不同
如此妩媚，正当我离魂此际。

拒绝哀悼一个阵亡的名字，
拒绝询问彼此踏雪的行旅，
不在光里头搜索光
不分辨夏天的客人是红是黑，
沉默恰恰，在一条锁舌里寄居。

抓住她

路　云

我确信见过她，
长着一条红狐狸的尾巴。

抓住她！这个居于火中的媚娘，
她生下我，就像灰烬一样不见。
我决定潜于水中，不被她撞见。
或者混迹于人群，像一条狗，
把骨头丢在路边，看着她
把众人抛下。像另一条野狗，
冲进我的家门，别怪我，
我从不拒绝陌生人的造访。

原载微信公众号“中国诗歌学会”2014年7月3日

“哎呀”

西　娃

我在飞快宰鱼
一刀下去
手指和鱼享受了，刀
相同的锋利

我“哎呀”了一声

父亲及时出现
手上拿着创可贴

我被惊醒

父亲已死去很多年

在另一个世界，父亲
找不到我的手指
他孤零零地举着创可贴
把它贴在
我喊出的那一声“哎呀”上

写作，写作

海　啸

这是黎明的句号
烟云从索桥上愤然一跳
然后交出梦。可以肯定地说
白螺壳并未回到房间

以前是多么依赖陌生人的造访
冰封的道路失去回声
我是灯的仆人，从此黑夜
成为最明亮的光

还未返乡，便开始流亡
如同还在前进便放弃了
后退，还未等到贫穷
便开始富有。剩下的人
依旧站在准星的对面

没有残暴，也没有仁慈
是谁负责所有的退场
等待着死，迎来另一种死亡。

原载作者新浪博客

左胯骨

刘丽朵

八岁时我还跟父母睡在一起。八岁
我的母亲抱着我说：“你应该自己去睡了，
别的小孩，都是自己睡的。”
“是你让我和你们睡在一起的。”

我希望母亲能够快乐一点
不要总是压抑自己的左臂
和左半部身体。那样让我也很累
左边身体有堵大墙壁挡着

她说那边很危险，我要注意
那里什么也没有，只有一扇窗户
她看了我的左胯骨和左下臂
和她一样吗？我不知道

她的眼神笃定，把亮光投射在
我的左胯骨上
我希望不会有人再伤害她
她已经受过一次伤害

她的双腿夹着双臂，左边用力蹬紧
她的神情很享受，我喊：
“爸爸，你看看她！
看啊！”

父亲的右臂就像她的左臂
他爬过去找她，我的内心要整理下

我的左胯骨没有得到
她的赞同；我尝试了性

跟自己的左臂、椅子背、小妹的小腿
我同你是一样的了
用左胯骨自慰，为什么你仍然
呵斥我？

我二十七岁了，我的一切
来自于我的母亲
她在这个世界上是一条绝路。

原载《翼》诗刊十五周年诗歌会

流浪狗

姚懿诺

小区有条流浪狗
前年
她生过一窝崽
她在大风雪天里生崽
她在一楼地基缝隙里生崽
那时我还没有小狗彼花
人们只是感叹
天这么冷
小狗崽们怎么活过冬天
有好心人
给他们送过稻草和破絮
有好心人

天天给他们送饭
他们熬过了冬天 。

满月之后
狗宝宝们
被小区居民抱走了
只剩下流浪狗孤零零地四处转悠。

没想到
流浪狗在雪天里生产
落下了病根
春天来了
她全身脱皮
她变得丑陋不堪
她的一只乳房也坏死了
长长地耷拉着
红着　黑着　臭着
一走一摆
人们都躲避她
嫌她脏，嫌她丑。

今年秋天
又脏又丑的流浪狗
又怀孕了
人们亲眼看到
养尊处优的小白狗与她交配

这样的交配
在当今人类生活里，会有么?

原载作者微博

新情诗

阿　翔

仿佛滑行在一首诗的铁轨，
确实不费吹灰之力，她遭遇了过山车的眩晕，
这恰好符合惊人的韵律。

附近的下午时光，被词语顺便截获，
这里面充满了乐器的波浪性，
也加深了我对新方向未知的恐惧。

似乎在其中，属于她的弧度，
更适于小而阔的侧影。
她不知道我准时醒来，并且对诗无从把握。

或者是这样，情感比实际问题普遍，
植物死去的风暴维持诗的叙述，
她使我感受到限制，误入空转的悬念……

如果没有小风景的慢速度，
那就谈不上风是倾听的一部分，
更别说天黑之前她辨认一首诗惯用的幻术。

我愿意计较形式上少于光斑之外的暗示，
少于骨骼的一片阴影。
她不急于脱身而出，我希望每一天

越过偌大的沉默，在一首诗
不需要用该死的力量。顺从另一个现实
或许重要，即使衰老用尽了她。

欢爱时不一定能如愿以偿，
我身上的荒凉和丰富如此矛盾，
她省略了我刚写下的句子：死亡带走我……

原载《安徽文学》2014年第7期

昆虫记

沙　白

我所熟悉的昆虫都在明媚辽远的童年
空中翩飞着蝴蝶蜜蜂与蜻蜓
知了总在树上鸣叫，高不可及
庄稼地里，玉米才刚刚吐穗
蝗虫与其天敌就会决一死战
草丛间埋伏着
愁眉不展的蜘蛛蚱蜢和蜈蚣
大白天，大院里的王胡小D三娃子
提板凳晒太阳
捉虱子拍苍蝇
到晚上，提灯的萤火虫
会陪敲更的蛐蛐巡夜
一更二更到五更

现如今，苟活于帝都
最常见的虫子是厨房里
那万恶的蟑螂，奈何不得的现实
还有一只名叫格里高尔的甲虫
与我同床共枕相依为命

热爱卡夫卡的他
眼神清澈又深不可测
我则像只认命的蚂蚁
将在他超现实主义的黑洞里
爬来爬去，就此一生

原载《天狼星》2014年第3期

清　明

梁雪波

在雨夜的小酒馆，我遇见赶猪的人
　箍桶的人、斫琴的人
我不饮酒，也不赏花
只见斗笠下
　走过偷马的人、骑鲸的人、下毒的人

我用耳朵饮着剑锋
我看见一个害怕钟表的人跑得比火苗还快
而我将等待，等待一个
　卧轨的人、割喉的人、吃铁条的人

我有足够的耐心，正如酒馆里
　有成堆的乌云
让我遇见化蝶的人、豹变的人、脱壳的人
屋檐下，坐着那个埋我的人
　——翡翠猛虎向深情的喉咙疾奔

原载《诗刊》（下半月）2014年第6期

黄昏叙事

李　速

那一天，楼台之外
早已聚众好全体春天的巨大的合欢树
定也偷生过一些不为人知的，性属零落的
白

那是你的毕生首次与这神话的树
照面——于是有了想象暗涌。你想要拥有一次
可以助力你的某种久陷于桎梏之事物
得以释放而获得延展的，与梦想以及道途有关的
最亲密交谈

距离树，他的有灵的枝丫以及感性的叶片
都很近。你多想为某一道晦涩经年的习题
求得答案。却仅仅听到来自内心冥顽堡垒的，极小声撕裂
频繁地孤独地撕裂。你始终触不及也看不见
你所渴求的一切

“呵，心怀厚望，定会失望！”那一天
你的胸膛反复升起又降下，仿佛枉费了一番唱腔的
苦情字诀。继而临界——黑夜迅猛，黄昏仓促
你坐在一个巨大沉默的右侧
看上去
神情愉悦

如今你也还会偶尔坐回那个沉默的右侧
如今，却是闭上眼睛你就可以
从不设限地域的任何中空准确接收到，一朵

也或者是几瓣，来自时光必然的稍纵即逝，那美的
遗孤的，五月——

原载《诗歌月刊》上半月2014年第3期

咖啡馆小憩

李　幽

满座
邻桌交谈
“法院……下雨……好吧”
船被词汇的清晰举高
远处
更多模糊的声音又将它
缓缓放下

侧身躺在船上
有那么几次睁开眼
发现
没有谁发现自己是海

离开前
仅为一些波涛买单

原载《湖南诗人》2014年第5期

父亲

陈 颉

看见你疲惫的背影，人世间的烟尘
一晃即逝，斗篷山下，纵横几十里的
沟坎山洼，五十年来，早出晚归，有始有终

一块块荒田薄地，澧水的手边，翻来覆去
你用忙碌打扮的漂漂亮亮，服服帖帖
低处的劳作，你从不选择，也不逃避
真实的生活，在时间的背面，丰盈恬淡
清香持久，三个儿女的营养和学费
包谷一样殷实，黄豆一样饱满
粗糙的爱，大大咧咧，干干净净

乡村深处，一丝白发流失的时光，肃穆悲郁
一次抬头，乡野辽阔的苍茫，沉积山地
成吨的美好和疼痛压弯了你的身体
耗尽了你的苦乐和背负现实的秘密
内心的光芒，悄无声息，名利生死
风中的骨头，世间悲喜，一个转身就会平静

原载作者博客

岫岩玉

李 皓

沉静，不动声色。却美得
让人心痛，或者心碎

岫玉也好，河磨老玉也好
总是区别于普通的石头。尽管
她也是一块石头，她像石头一样
坚硬

不过，玉的表情是温润的
玉的内心有着天然的温度
玉的眼神清晰而又迷离
玉拒绝不合时宜的热情

玉惧怕过度的雕琢
多一点是玉，少一点为王
玉。石头中的
王

恰到好处地选择离开
优雅。矜持。倔强。故意
谨小慎微的瑕，给予事故
更为绵密的想象

你是我的王，岫岩玉啊！
这不一样的石头，比石头更加
易碎。相遇或者相见
也更加短暂

原载《华语诗刊》2014年8月29日

马

刘　年

看戏回来，有七八里田埂
旱田，种着草籽花；水田，装满了的月光和蛙鸣

骑在父亲肩上，从不担心摔下去
仰头，翻腰
可以用手指做的枪，射麻山上，肥白的月亮

可以，在他肩上睡去
醒来
有时，是清晨；有时，是中午

这一次，是中年

原载《天津诗人》2014年夏之卷

高山流水

娜仁琪琪格

一再说到苍凉　闪烁的泪花　来自冰凝的霜
我深得自然的道理　他给予的慢慢都会取走
春天已远　秋天渐深

越走越孤独　淡定从容　是用风华来交换
一边走一边看风光　我已不在其中
那些必要经历的，每个人都躲不过

我深得自然的道理了么　一株巨大的老槐树献出的品酌
与风华正茂相遇　还是被盛开所裹挟　盛开是一条激荡的河流
催动两岸的风　一轮月儿升起　低伏于月华皎皎　低伏于花开

可以弹凑一曲了　《春江花月夜》或《高山流水》
它们在我的生命中放置太久　喑哑的弦　重新获得
光芒　陈年积压的灰已被轻柔拂去　水亮软化一颗冷却的心

泪水涌出的一刻　是无限的苍凉　我用上凋零　用上残缺
用上无法圆满　用上一曲终了的离散　用上修炼半生得来的沉静
此生绵绵无绝期的祝福

原载《诗潮》2014年第6期

在草原上

马　非

一路跑下来
在挡风玻璃的前方
我好几次看到
横穿马路的老鼠
被猎鹰捕获

而在道路两侧的草原上
出没的更多老鼠
与四通八达的洞穴有关
它们可以及时躲藏
未见猎鹰得手的情况

机警如老鼠者
不知道穿越马路的危险吗
我看不像
那一定是有极重要的事情
在公路另一边等着它们

在这个世界上
真的存在这样的事情吗
比死亡更大的事情
发生在鼠类身上
而我并不了解

原载《青海湖》2014年第25期

局外人

宫白云

一只鸟在树上筑巢，
一个老人坐在树下，
阳光在树隙间留下孔洞。
那最难的，
一种和谐，简单地在那里。

老人与鸟相对无言。
隔着一树繁花
相对无言。

一只一心一意做巢的鸟，和

一个一心一意等待的人，
又能说些什么呢？

疏离感把他们隔开，但
容许他们说话，
他们在各自语言的家里，
而时光像个局外人。

原载作者新浪博客

礼　物

（祭南岳忠烈祠）

广　子

你说，忠烈祠是一个词吗
戴安澜是一个词吗？再大声点儿
你能说，野人山是一个词吗
同古是一个词吗？借给你一万吨梦话
你敢说，仁安羌是一个词吗
就算你糊涂，你就可以说
缅甸是一个词吗？山顶上的白雪
是一个词吗？比白雪更白的
骨头是一个词吗？就算翻书比翻山
更容易，你能坦然地说
历史是一个词吗？忠烈祠
真的是南岳的一个词吗
好吧，电视剧的确很好看
你坐在沙发上就能断定
远征军是一个词吗？敌人是一个

词吗？二十万是一个词吗
那么你已经在心里插满了蜡烛
就有权利悲壮地说，鲜血
是一个词吗？死亡是一个词吗
即使撤退到和平的语境里
枪是一个词，子弹是
一个词，刺刀是一个词
你能说出，屠杀是多残酷的
一个词，瘟疫是多恐怖的一个词
七十一年是多久的一个词
九百九十公里是多远的一个词
战争到底是什么样的一个词
祖国是何种颜色的一个词
如果你一定要逼着死人说话
烈士你说，死都死了
为什么骨头还要化成灰站起来
走那么久，那么多冤枉路——回来
你说，回来是一个词吗

原载《诗刊》（下半月）2014年第2期

MH370失联后一个月后坐飞机往南京

太　阿

一个月了吧，春天的恐惧油菜花般消退，
再次坐飞机，从长沙往南京，
就好像从故乡走上刑场。
屠杀之城，满街的梧桐新叶换掉黄叶。
不安穿过云层，白色的云

逃避天空，看见死而复生的大地。
我对每一条河流和山脉深表敬意，
它们不是黑色的海洋，隆起的坟茔
在清明后高亢又节制，向人类敞开大门。
显然不合适读一本诗集或谈诗论艺的书，
那就看舷窗外的机翼，一对翅膀
发亮，在颤抖中爬升、降落，
把手心的汗抽离躯壳。
在我们充满阳光的世界里，
我只要古老城墙外村庄边刚刚发青的麦田，
和麦田里的一只奔跑撒欢的狗。
我端坐在村舍堂屋里喝酒，
猝不及防的油菜花赶在死亡前闯进门扉。
明天还要坐飞机，我把几块雨花石带回家，
告诉儿女，我曾被大地俘获过，
快速消失的事物给灵魂以自由、从容，
从来未曾失联，从不失望，
更没有绝望。

原载作者新浪博客

清醒的池塘

空格键

一个人的忧郁，随风激荡。
一群人没有忧郁。

一群人，会准时睡去。
一条鱼，却要从深水里高高跃起。

——清白、明艳，
是一句话脱口而出，是一首歌，

突然跑调；但池塘清醒，
黑暗中它舔了舔隐秘的星辰。

原载《汉诗》2014年第1卷

富春山居图

——过黄公望隐居地，兼致立波、陈铿兄

育　邦

从水上到岸上
从城市到山林
仓皇之下，辞别尘世
我抵达了庙山船埠
沿着山径，向坞里一直走
就走到白云的故乡
走累了，就坐在石头上
反正再也走不动了
纷扰世事如山涧溪流
从我孱弱的内心川流而过

栖居在庙山坞
只需在这儿搭个草棚
一天的生活从晒太阳始
以观山景终

云在天，水在溪
偶有白鹭从头顶上飞过

当薄暮降临
就拿陶罐取水
在空旷处，支起薪柴
煮茗
火苗上窜
照映着或深或浅的命运

黑暗似雪，如期而至
一夜无梦

原载《扬子江诗刊》2014年第4期

下雪了就写一首雪的诗

法　清

那一年
我还在农村
下了好大的雪
我和我的小伙伴们
相约去追兔子
我们用草绳
缠了自己的鞋子和裤管
我们每人拿一根棍子
就走进茫茫大雪里去了
那雪真是大啊
大得满世界除了厚厚的雪

就什么也没有了
雪铺满了村庄以外的世界
所以兔子就要藏起来
只要兔子出来觅食
它就会在雪地上留下脚印
我们就可以顺着这脚印
追踪到它
我们在大雪天才去追兔子
就是因为雪太厚了
兔子从它躲藏的洞里跑出来
在大雪地里
它的短腿是跑不过我们的
何况我们还带着狗呢
我们在大雪里走呀走呀
我们走遍了田野和山坡
真是奇怪
一直走到晚上
我们都没有找到兔子
我们只看到几只黑乌鸦
在雪地里跳
我们并没有太失望
反而很兴奋
我们回到村庄
雪还在下
我们在大雪上踩出的脚印
晚上将会被大雪重新填满

乱世书简（第73封）

白　鸦

玲珑的一日蚕豆开花
梦叮咚
我们绝色的战争打到一半梦中叫停
多音鸟也叫了
暮归的人手持柳条，三五成群，走在山脚下
我垂下鲜亮的兵器
目送他们回家
Nemo，我终于看清手中的兵器是柳条
一个瘦削的青年也在山脚下
架起柴火
像是焚烧美人
云雨就在他对面
云雨在他对面的峰顶停留了一小会儿落荒而逃
那之前，异乡暮色辽阔
小路分岔
我欲操刀敌不过多音鸟的欢叫
败下阵来
但我心中有狐
小尾巴摇
Nemo，玲珑的一日梦境叮咚
小骨头清奇，我真的听见了多音鸟叫
并在叫声中
看见蚕豆，猛地开出紫色小花

重阳之诗

秦　舟

我站在高处　秋风吹拂着我的脸颊
我思念我的山东朋友　思念我的岭南朋友
我还要思念我的山内和山外的朋友
他们有的与我有着快乐的童年
有的只是一面之交
还有的只是网络交流
但他们同样都是我的兄弟　是我的同胞
同样有着龙的精神　炎黄的血脉

我插着茱萸　在山上行走
他们是否也遍插茱萸在城市的深处
想念着我这个曾经的朋友

独在异乡　其实我就在自己的家乡
我把中国都叫做我的故乡
山之阳　我的父亲年已古稀
山之阴　我的母亲　我把这20多年的思念
比作一颗又一颗的红豆
我采摘着那一颗颗山之玉
让它走进天堂

重阳之时　我采摘着一粒粒茱萸
寻找着已经逝去的美好时光

原载《星星》2014年第10期

打工族

赵　原

一群男人和
一群女人
守在火车站
出口的两边
等待有人来雇他们拉货
现在火车晚点了
男人们和女人们
隔着中间的通道
扯着嗓子对话
事实上
他们都来自
同一个村子
事实上
他们中有十多对男女
是夫妻、兄妹或父女
事实上
他们在这里做搬运工
已有十多年了
但仍然保持着
老家的风俗
在公开场合
男人和女人
从不站在一起

原载作者新浪博客

杜工部

瓦　当

> 近来海内为长句，汝与山东李白好。
> ——《苏端薛复筵简薛华醉歌》

“我只找到一束废弃的诗”
卫八在厨房里抱歉地转过身来
轻咳，手持你叫不上名字的干涸的植物
头顶的猎户座①缀满回声与云母。

此时，湿木头上煮着熟睡的小米
儿女们问候罢远方的客人
在夜雨剪春韭的早晨
你分明听到了里尔克的鸟鸣②

人生，群星泅渡的大唐
波澜壮阔着光
多少年啊，我受尽蹉跎
却只写出极少的诗歌

像层层愁云封锁荒芜的蜀道
地震撩拨锦城的芳心
流亡加深了抱病的酒杯
诗人在此逼平命运

你梦见群鸥飞过舍南舍北的春水
你思念他如但丁思念贝雅特丽齐
当无边落木萧萧而下
茫茫山岳涨出诗歌

注释：

① 杜甫《赠卫八处士》：“人生不相见，动如参与商。”参宿：猎户座；商宿：天蝎座。

② 杜甫《春望》有“感时花溅泪，恨别鸟惊心”，里尔克《杜伊诺哀歌》第七首：你的叫喊脆若鸟鸣（佚名译）。另，里尔克《果园》第四十七首：冬天集合起来的寂静/在空气里被一种啾啾鸟鸣的寂静代替（何家炜译）。

原载作者微博

傩

张小雅

邪魅，阴雨霏霏
谁的天空下起落叶
黄昏被驱赶
马车，骡子走走停停

被典当的村庄
悬裹脚布上梁的女人
趴倒的篾匠
口吐白沫

谁在半山挥舞鞭子
黄纸慷慨低旋
巫觋凄厉，唱您快走
来世投个好人家
您会意地笑了
活着从未受人心生怯意

有生之年太仓促了
潦草地奔波在河边
不，来生绝不投胎变人
只想缓慢地看几眼长吟村
您唯一的世界

您的脸
被巫觋踩变形

现　实

张　尔

一日或永恒，镜头化出无数枚针孔
将世界汲入暗室监视的无垠。

岸边，鲟龙裸露着鳞片，缩紧
肉身，骨刺在餐盘中分离，又鸣奏。

财政猩红的曲线裹起绣球，抛挤媚眼。
一名小吏挥泪无产秤砣，在地下造句、生火。

诗，这雪后滑体的词语矿山，振臂一倾
手心沁出的汗渍慢慢冷藏社会余震的残温。

原载《滇池》2014年第7期

在美好的汉字之内

贺　颖

酒是我天真的另一部分
隐于肉身与魂魄——唯有
通过最微妙的触觉
才能相互安抵

我不依赖幻想
我要与你并列在美好的汉字之内
模仿众生中的有情人
一个引着另一个
——要么反叛
要么过于和平
要么满足于被俗欲摆布
要么在午夜修行

原载《诗刊》2014年第1期

在昌耀墓前

程一身

绿色蔓延，野草俯视树顶
烈日将一切照白，阳光穿透皮肤
点燃灼热的内心，墓碑升腾

如火焰，舌头翻卷有声
你们坐车太久了，应该下来

走走，野花也会移动头颅

人到中年，视听飘忽
倾向于下坠，被死神吸引
在无可拯救中向你俯身

仍在墓碑中跳动的那颗灵魂
此刻与我如此亲近，它
试图挽留我体内残存的良心

在我与疏松的生命之间
一种爱制造出来的强烈摩擦
延缓我垂向末日的进程

而他们无视你的存在
让他们欢乐吧，一个人声誉
再高，也不能因为自身的死

而阻止世人的欢乐
我只对个别人有效
使他们痛苦，却无须抱歉

原载《文学界·湖南文学》2014年第2期

审 判

李 荣

一个人误入歧途
还有可能迷途知返

如果一枚导弹误入歧途
这个假设把我自己吓了一跳
就像那架被击落只剩下残骸的
马航客机。灾难有时比灾难片
更加大胆和恐怖。但是
导弹是无辜的，尽管它不会开口申辩
充其量，它顶多只能算是个帮凶
那么，我们到底应该
判它无罪释放还是
应该判它锒铛入狱?
或者，我们根本就不应该审判它?
没错，通常情况下它与战争
联系在一起，但现在
它却与一首诗联系在一起。可以肯定的是
导弹不可能是一首诗
如果一定要把它当作一首诗
它也只能是一首
我刚刚读到的波德莱尔的《恶之花》

原载作者新浪博客

我这样想象一次大海

秋　水

落日还在黑暗的最后一刻徘徊
我提前进入了你
在不知停歇的呼吸之上
我静静地，只想成为另一只鸥鸟
那是一直被亲人唤着的乳名

是我梦想的另一种形式

你时而安静时而张狂
我想到了母亲温暖的子宫
——每颗种子都经历过孕育的海洋
而今，世界在电波中被不断重组
人类对你的全部想象，越来越接近
猎捕一只鲸鱼的真相

我对自己的无力感到懊恼
是的，翅膀是我无数次的渴望
而你在粉身碎骨地
告诉我，全部拥有都只为了
将秩序推倒重来，将生命再一次倒空

原载《中国诗歌》2014年第4期

幻灯片

路　顺

一觉醒来，我在
玻璃里。确切说是在
由玻璃拼凑的小房子里
怎么会这样？前两个小时
我还在书房电脑上整理稿子
外面有许多人看我就像我在鱼缸
里一样。这不是行为艺术，我得
出去。“给我打开”他们似乎
听不见，用手机拍照，发微信

没办法，我用脚和手去踢打
玻璃，没有锤子
这些工具，结果是可知的。我
还在玻璃里（一群白鼠
跑进你准备好的笼子里，会怎么样呢？）索性
我躺着靠着坐着望着那些
望着它们的你们

雨　中

李　冈

多美的声音
只三两点
便将唐诗的意境
淋得透湿

一些蝉声还栖在梧桐上
一些蛙鸣还泊在荷塘中

沉默的人
脚步不再沉默
在雨的隙缝中
他们行色匆匆
将所有的屋檐都当成了家

四海为家的雨
即便在大地上开成花
又有谁会问询你的归去与
来兮

锣声一响

孟醒石

我这辈子见到的第一种行为艺术是耍猴
走江湖的汉子甩响鞭子
猴子们沿着场地转圈鞠躬
讨好每一位观众。为了逗大家高兴
还倒立起来，纷纷将私处展示给人看
猴屁股，像红领巾一样红
我这辈子听到的最恐怖的故事也是耍猴
老校长抠着脚丫子，恶狠狠地说：
“那些猴子都是小孩子装扮的！
耍猴的汉子专门抓不听话的小孩
给你们吃药，变成哑巴
在脸上粘上猴毛，身上披上猴皮
锣声一响，集体表演倒立
不听话了，就拿鞭子狠狠抽你们！”
听了这个故事，我经常做噩梦
梦到父母站在人群中，大声地笑
向铜锣里抛硬币，发出阵阵轰鸣
根本不知道，那些猴子其实是他们的孩子
而我眼泪汪汪，哑着嗓子，喊不出声

原载作者新浪博客

空村庄

魏　克

我的故乡就矗立在泥土高耸的山冈
当黄昏降临　黑夜之水泛起了蓝色波浪
我那失明已久的双眼终于看见了故乡景象：
牛从田野里归来了
鹅从田野里归来了
我赤脚的亲人们从田野里归来了

此时此刻
还有什么比想起一家人
坐在一起那么傻傻地笑啊笑的
更让一个异乡人感到内心疼痛呢
还有什么比想起大雪的冬夜
我和父亲睡在铺着稻草的土床上
更让一个异乡人感到温暖呢

村庄　在傍晚时灯火渐亮
但却无人归来
这是一个倒塌已久的村庄
这是一个空村庄
村民们多年前就已离散
回家的路也早已坍塌
村庄　早已沉落进了更深的地方

故乡　我倒塌已久
此生无法返回的故乡
狗　还在村口张望
鸡　还在草垛边扇动着翅膀

缺耳朵的猪　还在拱着一无所有的泥土
拱着它此生注定将空荡荡的希望
只要刮过一阵风
门前的榆树就还会像往常一样沙沙作响

就在这异乡的路上
我曾无数次手执灯盏面向故乡张望
内心
一片荒凉

原载魏克诗集《向北　向北》

雨　后

晴朗李寒

一夜的雨水下透了，
迎来难得的一个晴日。
阴霾散尽，久违的蓝天重现，
那些云朵啊，
有了羽絮之状，浪花之姿。
失散多日的影子
重又回到了我的身边，尾随着我，
怯怯地，都有些陌生。
我在树林间和田野里悠游，
还有比这个更美好的吗？
石榴红了，麦子泛黄，
向日葵没了膝，大叶菜疯长，
六月菊、萱草、打碗花、蜀葵都仰起笑脸：
“这就是青春！”

我听见它们在激情欢叫。
而蒲公英做了母亲，
等着风来，
接走她的孩子。

原载《诗刊》（上半月）2014年第8期

IC卡电话亭

茉 棉

被用旧。
被遗弃。
被贫穷抚摸过的耳朵。

我站在低矮的半圆形的屋檐下，
打过一次长途电话，
唯一的一次。

路灯下的细雨淋湿了后背。
那时，我还没学会爱，
我已是一个孩子的母亲。

乞力马扎罗的雪

南南千雪

如果乞力马扎罗山顶没有那头雪豹的干尸多好
如果哈里他们不去拍摄那群非洲水羚多好

如果荆棘没有划伤他的膝盖多好
如果他给划伤的膝盖涂上碘酒多好
如果他们的车不抛锚多好
如果飞机能发现他们多好
如果哈里他能活着多好

他活着他就可以写那个寒冷的圣诞节
他活着他就可以写蒙特科尔诺
他活着他就可以写希艾科蒙姆
他活着他就可以写阿希艾多
他活着他就可以写他在意的巴黎
他活着他就可以把他身边那个愿意为他付出一切的女人
在床上再毁灭上个几次
那是他最渴望的，尽管他不爱她
也是她最想要的
她说："那是一种很好的毁灭，我们就是为了这种毁灭而生。"

命运没有那么多的如果迂回
上帝也不答应谁是为毁灭而生
哈里，他离开了
他离开于睡梦中的救赎
一架"银色天社蛾"把他接走了
乞力马扎罗山方形的山顶
就是他去的地方

原载《文学界》2014年第6期

众鸟已然肃穆

鲁　橹

早已不爱远方
不爱一段混沌与暧昧

不爱诺言　不爱背负与喧腾
不爱某日的朗诵　不爱高音渐渐下滑的那一节

早已不爱远方
不爱信誓旦旦的当下　不爱这把扬出去的纸屑

我只是在此刻　爱了你
爱了这聚拢的黄昏　众鸟已然肃穆

原载《天津诗人》2014年春季卷

癌症专列

张绍民

这一趟高铁开往远方最大的城市恰好多个互不认识的癌症都去看病
那里有最好的医生那里有最好的药
那里有对性命最为昂贵的定价
那是一个海市蜃楼一样浩浩荡荡繁华的大城市
那里有死马当做活马医治的一套套谎言作为真话的方案
而疯狂奔跑的高铁上有倒计时的很多癌症人生
他们身上治病的银行卡作为一本残酷的债务字典阅读着他们的疾病
这些并不认识的癌症病人与他们的亲人

他们都属于同一张命运的车票

他们的疾病属于同义词相同的呼吸

有的人呼吸得了癌症：雾霾黑暗了咽喉与肺部悬挂的大地着癌症

有的人吃饭得了癌症：口腔里拥挤着食物与厨房癌症着一日三餐

有的人排泄的动词得了癌症：肠这样的词语癌症了谋生的路

有的人目光射出的炊烟得了癌症：眼球的漩涡癌症了活着的坟墓描绘着虚假幸福与成功金钱的追求

有的人……癌症了自己无钱医治的癌症即贫穷治不好的癌

而爱成为癌的唯一正确药物

亲人卖掉自己的肾脏筹集了治疗她贫穷的癌

因为她是母亲

因为他是儿子

儿子卖掉肾脏要为母亲治好癌症

我在这趟车上坚信了这位儿子一定能够治好母亲

我也捐出了我的脚印作为小小钞票支持这位儿子的泪水

我还要用自己扔下高铁的脚印作为绊脚石阻挡高铁疯狂的速度

死亡的速度要慢下来

爱需要漫长

原载史诗诗歌杂志《自由》诗刊2014年第3期

相濡以沫

张明宇

每次下课

我总要到办公室喝杯水

可是经常找不到

我的杯子

我知道老婆捷足先登了

于是我到处找她
一直找到上课
有时找到
可以喝几口
有时找不到
只好默默吞下口水

原载伊沙主编《中国口语诗选》

江　山

景旭峰

最后的锋芒　在寒暑落尽之时卷刃
掸尘熏香　锦衣玉衿　一袭饰物
领和袖　若隐若现　隐和现
倒影和反光　不能流动　只有衰亡
烽烟四起的时光　收敛在方寸间
月虚日盈　比薄刃更轻　比伤口更深
秋天黯淡　江山图存　我纷乱奔忙
无人知晓　地狱颠覆了天堂
吹灯熄盏　西风落雁　我指引一起
自上而下的灭亡　在流离的异途发生
高处有风寒　冷暖当自知
在高处　风生水寒　刀锋所指
重开织锦的机杼　江山被加紧删改
忍受无尽的凌迟　时势豆剖瓜分
灰烬也被抢劫一空　死亡散落一地
痛悼的泪水　仅仅剩下一滴
一夜之间　细沙袭火　阴气掩面

一导致一切　寒鸦低绕　出浊入清
涉水过林　由沌到玄　一切归一
时艰孔亟　夜间的水银　遍地流泻
我化玉帛为干戈　以手指为矛
心脏为盾　自身的杀伐　死无对证
篡夺自己的江山　这一场游戏风起云涌
未及改张易辙　就已返本还源
喘息未定　轻抚空弦　十指虚发
而指下有音　我看朱成碧
一切归一　江山倾覆　一弦之间

空　白

曹有云

黄昏
一页绝对空白的
稿纸
趴在桌子上
等待
一支沉默不语的笔
破口说话

焦虑万分

一首
彻底空无的诗
潜藏在

一张空白稿纸
内部细节深处
了无痕迹
但一直在
隐隐呼唤

我
脑首空空
坐在桌子前
等待
一个绝对虚无的词
横空出世
打破这
雷霆万钧的
可怕沉默

同样也是焦虑万分啊
焦虑万分

这信仰的春天

水　尘

这信仰的春天，不因花开而灿烂一季
我闻见蕊心的芬芳，馥郁在生命之河两侧
水随云去，就能带走畏惧和烦恼
谁施以知识的辉光，慈语四溢
花之林的孩子，认真聆听于烛光之下
一缕暗香，袅袅升起

这信仰的春天，不因雪融而衰败一时
我以善行者之姿孤走于长途，身披祥光
益众的书籍缓缓出版，奉献红尘
谁轻轻翻动，汲取晨露般的祥和
执手走过，在春天里书写爱的章节
一缕爱意，走过生命

这信仰的春天，不因青春而随意减色
它呵护着任何一份转世的情感，不问此生来时
雪山的远处，打坐者的身姿等待着
一场惊扰，不合时宜的梦从子夜开始
缠绵于一时，相念于三生

改变的，岂止是诺言和青春的褪色
一生念想，栽种心田

赶尸人

孙家勋

在寂静的夜晚
我摇着铃铛
向你们缓慢地靠近
跟在你们的身后
我如同一个梦游者
寻找着自己的身体
我一直紧盯
你们僵硬的后背
我要求你们双臂平伸
跳跃着前进

我要求你们的专注
举动僵硬整齐
就像同一个人
我让你们前行转弯上坡下坡
决不许后退和让路
而如果此刻
一个梦游者不小心
闯进你们的队伍
我要求你们将他挽留下来
把他的身体
变成你们中的一具
我决不会揭开
蒙在你们脸上的黄表纸
决不会把你们的秘密
暴露给黑暗
那毛乎乎的黑发
那苍白的脸和血红的唇
那已经开始腐烂的面孔
那半睁着的死鱼的眼睛
那半咧开着的黑洞洞嘴巴
我绝对不会揭开
这剥剥的一层
黑暗中
我用咒语
驱赶牲畜一般
驱赶着你们前进
而你们却永远
看不到我的脸
趁你们还没有彻底腐烂
我要在鸡啼之前
把你们赶回家乡

暮　晚

张建新

和早晨相比，我更喜欢暮晚，
光线不再炽烈，顶楼的鸟雀
从藤蔓里现身，目光柔和
不再仓促，轻垂藤蔓的怜意，
负气摔门而出的人可以披暮色
归来，亲人会为他默默
掩上身后的门，那些
纷飞的尘土如波浪里的鱼鳞
闪了一闪就沉入了水底，
这是最真实的时刻，也是善
消融刀俎收藏兵刃的时分，
你握着乌云的手，一道
黯淡的伤疤也是无名的喜悦。

原载作者新浪微博2014年8月28日

空贝壳之夜

扶　桑

我的肉体已走到凋零的边缘
我将离男人的爱慕更远。渐渐
抵达人生的荒漠地带
更浩瀚而更无言——

比之我年轻时那些空旷、洁净的夜晚

（我独自蜷在空贝壳中，听海）
我更渴望一个真实肉体的温暖
人世的温度。
　　啊，我抱着他
这大海的波澜之中的一截浮木

原载微信公众号“中国诗歌学会”2014年9月10日

接母亲进城

徐　庶

进城的大巴一路晕车
每到一个站点
“嘟嘟”两声便上吐下泻
排出来一群扛包的老乡

出门时母亲没舍得
吃一粒米
她怕晕车呕吐时
把老屋漏雨的瓦片也吐了
把老屋裂缝的木门也吐了
甚至一不小心
把整个老家全都给吐在外面了

大巴快进城了
母亲一直反胃
自己就是一棵乡土白菜
她担心城里灰尘这么多
白菜怎么能活

所　想

南　子

在一个牧场和另一个牧场
人吃着羊　谈论着羊
谈论着它们的毛皮和芳龄　以及
与弱者一样的胆怯温顺　易受惊的性情

羊不知道，人有时也是羊
是它们的
从一个栅栏跳到另一个栅栏的同类

薄暮时分

梦天岚

晚霞下的归鸟正在飞过头顶，它们用叫声
急迫地回应远处的丛林。我站在一座新修的大桥上
眺望，所有的期待已面目全非。

我还能看到多远？甚至不再去担心一条河的
流失。这世上诸多的道理原本只是说说而已，
其中的玄机，却无数次将我暗算。只有苍老
仍在继续，当它回头，不过是想告诉我，一切
都如此匆忙。它的身后，是时光狞笑着走远的背影。

多少人都眺望过了，我还能眺望什么？
这一天中最后的血，快要流尽。谁也无法阻止，
包括倾其所有的大地，也不能。余下这夜一样的深渊，

近在咫尺。此刻，众多的死亡已停止争吵，它们放慢脚步，为即将抵达的去处而感到迷茫。

我听到一个小女孩说：“看，火烧云！”
意料之中，大地并没有因此而感到战栗。

原载《星星》2014年第2期

不知所云的爱情诗

华　秋

1

不能在音乐里想问题。
当然是很好的音乐。
笛子，阿木拉莫吹奏它，
从月亮边来，到水里去，
秋风扫落叶时，藏在石头里。

发现自己在天上，
不能思考，因为愿望都实现了。

2

几乎是云。
更软、更凉，湿漉漉地在左肋。
我不知道咋回事，
就告诉了你我的结局。

几乎是云，太蓝无法排遣。
或我希望是云。
除了蓝色和空阔再无别的意思。
被称为天空也无所谓。

3

以及寂静。两天过去，
困住我的还是，
一男一女相处时的双倍寂静。

见到我在你肩胛下放一中南海烟盒，
想知道立方体如何丈量那种可以用诗去说明的柔和隆起。
见到烟盒与皮肤之间，一个很小的缝隙，
居然装下月亮和大部分雪山以及
一个偶然飘来的风筝。

见到扁扁的，有点颤抖。
那是一种什么样的飘浮？
那是为什么？
我取代现实的部分材料
用的还是故乡景象。

4

只要闭上眼睛，裸体便呈现，
沿皮肤表面蔓延而出，高原气候。

几乎是云，或叹息。
无限接近一朵女性灵魂。

容易透明。
容易坠落，如高音到哑寂。
如日夜思念交媾，以为除交媾不能了解彼此，
其实最满意交媾之后，仅三分钟平静。
然后争吵，然后摔东西，
反正不能再获其他。

把香味、声音、色彩和长途旅行，全用上吧。
犹如濒死。

5

我想念你，因为后悔。
赔上四十年生活，也无济于事。

到第三天，我七点起床。
好像上班的人。
先写一首爱情诗，再吃饭。
然后找遍电脑硬盘，
巴赫、勃拉姆斯、马勒、瓦格纳。
找笛子独奏。
找少年在湖边吹奏，月亮冰镇过的细竹管。
猛虎头生胎，名阿木拉莫。

原载作者新浪博客

梦境守门员

林忠成

空气暗下来，镜子的呼吸变弱了
它蹲在桌上，“我不想以风为粮食了”
一个素食主义者发起犟来是可怕的
它拒绝为主人保持容颜
主人与漂亮女同事的秘密它也不想保守了
镜子成了一个漩涡，转得越来越快
要静下心来才能听得到这个声音

“我想长出翅膀，我要治好哑病”
主人喂它花粉、松针
镜子是梦境守门员
没有它，谁都无法进入别人的第三空间
在那里掀起一场洪水

为了讨镜子欢心，主人从市场买回大量镜子
铜镜、柜式镜、凹透镜、望远镜
轮流着给它讲破镜重圆的传说

原载《北方文学》2014第7期

奔　跑

贝里珍珠

月光。枯井。土地。火种。
是祖先仅存的遗物
而那些尘埃却是你的，一再压低

你体内的山水。

你用奔跑，妄图抛弃一些影子
用暗室里的黑冲洗即将分娩的女人
让光，诞生

铁的物质还在河的对岸
燃烧。神秘的夜晚笼罩内心古老的黑森林
当你携带着雨水走进村庄
万物，都有了沉甸甸的重量

在黑白界线上烧制的陶器
以火，以水，以土
——的盛大仪式，迎接黎明

你用奔跑的方式，拯救
月光下的麦田

原载作者博客

与心中的“诗人”谈谈心

余 丛

你曾经叛逆，反抗于被禁锢的头脑
把自身的命运推向生活的旋涡
你在我的心中，仿佛黑暗中的一息微光
这些年，我常以你的诗取暖
以你的精神自勉
在人生的弯道上缓慢前行

而今，你顺应了形势
有了妥协的弧度，分得体制的一杯羹
你隐蔽在更深的黑暗里
愿景的灯随之拨亮，又随之暗淡
面对那韬光养晦的一厘米
我心有兮兮，但理解了你

你的笔仍然犀利，保持自己的假想敌
而身子却佝偻下去
我学会从阅读中取舍，不再较真
不再关注文字背后的那颗心
在“尸位素餐者”的盛宴
我也只能寄望饕餮之徒的语言狂欢

是的，我不控诉你对现实的淡漠
我会捍卫你的沉默
这一切的变故，归结自身的境遇吗
扪心自问：“理解”并不意味着“宽恕一切”
无论是异化的你，还是正在分裂的我
站直了反而如同生活在别处

原载《汉诗》2014年第2期

城里的月光

赵晓梦

一眼能望到的距离越来越短
一眼能看清的事物越来越多
在一堆纸里，你能找到的还是纸
十根烟头也照不亮你的脸

你的脸，惨白得模糊一片
像是从未吃过一顿饱饭
你能做的，无非是走出屋外
沿着二环路，一路快走
比房子还高的桥，没有红绿灯的汽车
正一车一车拉走属于你的月光
一点一点被掏空的你，虚汗淋漓
在桥身巨大的阴影里，空气是会呼吸的痛
这样的夜晚不适合做梦
请不要站在月光的对面打望
那些暗藏的米粒会灼伤你的眼
尽收眼底的东西越少越好
一堆报纸，掩盖不了你淋漓的汗水
月光下走着的，都是你的亲人

原载《星星》2014年第8期

太子寺

阿　麦

向西走
河流湍急　掩埋白骨
打马经过洮河　便是水家清真寺
大殿穹顶的弦月从不沉落
戴白帽穿青衣的男人们行走在暮色中
行走在寺院里——
阿訇诵经　礼拜　众人跟着礼拜
动作整齐

脸色凝重
仿佛每个人长着相同的脸
每个人都是天使
或者孩子
……

此刻可以忽略许多事
譬如仇恨　毒计　穿过身体的蟒蛇
太子不再重要
寺院亦然

原载《刀锋·自在诗歌》2014年第1期

怎么又下雪了

吕　叶

怎么又下雪了
显然　这不是我前几天错过的那场
这是另外的一场　因为每一场雪都有它的宿命
比如这一场　它注定要飘进我的文字
否则　每一片雪花在我眼前不会如此翘首如此流连
它们似乎知道这一生就只有这一次飘落
没有前世也没有来生
因此它们绝不会傻傻地问自己：我是谁我去向哪里
它们铺天盖地前赴后继　并将独自融化
如果融化就是它们的死
它们将死得干干净净
这场匆匆赶来的雪难道就是为了参加它们自己的葬礼

原载《星星》（上旬刊）2014年第5期

台风博物馆

高鹏程

把台风关在一间房子里。怎么可能？
但有人做到了
在岱山海岛，借助一场有关台风的4D电影
我重新经历了一次虚拟的毁灭。

有时，我也想成为一座台风博物馆，保留一场台风
刮过的痕迹、溃败的堤坝、码头和一片被潮水重新抚慰的滩涂
或者，我只是想保留一个平静的台风眼，肚脐一样的
漩涡、紧闭的双唇以及远处
一只蝴蝶扇动的翅膀

——事实上，我其实只想保留一场台风再次到来的可能
一场在毁灭中重新诞生的愿望

原载《人民文学》2014年第9期

小

刘　萍

最初的我的想法　是恳求你把我变小
你眼神中的藤蔓缠紧我　抽取水分和肉质
然后我尝到了你舌尖上甜甜的藤毒
我又回到小兽的样子

温存而不咆哮　偶尔会传出细弱蚊蝇的息叹
绒毛的香　和树叶上一道弧形的光线

我的全部都在你的掌心了
你合上手掌　对折再对折

然而我还是不甘心　为了变得更小
我只留下发丝一样的渡口　等发丝一般的小舟
处置了那些粗壮的　影响我变小的燃烧跟洪流
我甚至处置了那滴蓝幽幽的海

原载《滨海工会通讯》2014年第4期

爷　爷

余　数

自从“文革”以后
爷爷就不再开口说话
只有在牙医的面前
他才肯张开嘴

几千度的高温
能考验一切虚假
在骨灰里唯一坚硬的
是你曾经紧咬的牙

原载《滨海工会通讯》2014年第6期

晚风吹着

赵卫峰

晚风吹着，和从前一样
他端坐事件的西边
等细致的时针指出记忆的本质
等消失

城墙上的脸仍旧布满不规则的疑点
晚风吹着
过多的经历，使一条河宽容
一座山的孤独，来自它自身
内在的高度

和从前一样
他经过什么，晚风就吹着什么
他进入，这座城就有月亮升起
他遥望，月亮就特别安静

原载作者新浪博客

晚点火车

吴春山

时钟指向凌晨二点
——裸露，撕裂
在沉默与沉默的缝隙，你甚至察觉到
黑暗妥协的味道

哦，万物隐于无形，陡然锐利
并接受失眠者的垂钓
仿佛，一只蝴蝶
飞进一列火车的腹部，又挟持秘密逃走

你看，有人耽于一池湖水
攀附于生活的温床
有人利用时间衰败的过程
见证花朵开放的过程
还有人因一次奢求，放弃一次赠予

——而夜色依然陈旧，那些熟悉
与陌生，沉默与喧嚣
婚宴与葬礼，白昼与黑夜
正利用事物的两面
相互对峙……

凌晨二点，一列晚点火车
从紊乱的秩序中经过
它多么希望取出一块生铁，轻轻地
置于虚空的轨道

原载《延河》（下半月）2014年第8期

一棵落日的树把倦鸟迎回了家

五里路

我坚持要求自己每天说出感恩
把猛兽先关几个小时，给它锁链

让它暂时老实，安静
有个善良的表象。灯火亮起后
远处的尖顶现出了面容
它指向星斗，指向小城上空的暗
指向神秘的存在物
把可见与不可见联系起来
有她，神才有了重降人间的可能

原载《芒种》（上半月）2014年10月

马桶圈

杨　涌

湖州太湖边的大酒店
当地人称之为月亮湾
游客蜂拥而至
远远地在它对岸拍照
聚餐，流连忘返

月亮湾出名，缘于它像马桶圈
（为什么不是甜甜圈呢）
马桶圈带动了美食一条街
一条街兴起了一个商业圈
（商业圈大概是甜甜圈）

国庆长假期间
马桶圈里睡一晚至少需要五千三
马桶圈外那些欣赏它的屌丝
啧啧惊叹：疯子，傻逼！

冰镇拿铁

杨　罡

你给我倒了一杯
我小啜一口
便凉到心里
这潮湿的夜晚
却刹那间被点着
那毕剥燃烧的
都是前尘往事
不堪回首
黎明是黑夜的灰烬
而我是灰烬中的灰
亲爱的，快喝吧
天亮以后就是秋天

道　场

周伟文

和尚披着袈裟
走在最前头　神情肃穆
一边敲锣
一边扬幡
口中念念有词

我们紧跟着和尚
围绕父亲的棺木
绕来绕去
仿佛要在一个夜晚

把父亲走过的路
再走一遍

和尚嘴里念的什么
我一句也没听清
父亲静静躺在棺木里
双眼微闭
好像只有他
听得最认真

原载《天津诗人》2014年秋之卷

肉欲厨房

王　妃

充斥素味的厨房，不会因为儿子的嫌恶
而让我困倦。

我裹着素色的围裙
一切都是新鲜的：
我从清水里一一将它们提取
儿子的必需
先生的必需

至于我，基本可以忽略不计
我的肉欲、我的挣扎，都藏在甘蓝的卷心里
而久违的泪水，正从辣椒和洋葱的爆炸里
飞溅

原载《诗刊》（下半月）2014年第2期

清晨听到鸟叫声

芦苇岸

光头！光头！你不是诗人
一早出门，那棵高大枯干的乌桕树上
乌鸦嗓门高亢
是不是诗人不要紧
是人就行
迷雾中，一只布谷婉转开唱
我摸摸胸口，会心一笑

原载《华语诗刊》2014年4月

1860年，9月21日，叔本华

戈　多

窗外鸟吵醒他。照常起床
洗冷水浴，照常坐下来
这时候更多的鸟照常叽叽喳喳起来
他照常翻起欧洲大陆各地的报纸
照常只关心新闻里的自己
照常接受来自四面八方的贺函
然后。他照常吃早餐，脚下照常
趴着他的阿托姆①
照常最后两年的声誉给他带来七十二年照常的孤独
想起来和名家母亲争吵，被从楼梯上推下来，他连滚带爬
摔到一楼，照常大嚷着：“你只是会因我而不朽。”
照常研究镜中的自己写下《论天才》：“大脑壳和宽前额，以及蔚蓝色眼睛……”
照常想起来自己空空的教室和隔壁黑格尔座无虚席的教室

照常一个人幽居，照常一个人口吃
照常他念念有词：“自己挡在光线之前。”
照常他厌倦了照常，没有任何奇迹
一小时后，佣人发现他倚在沙发一角
奇迹般长睡去。剩下金壳子照常闪耀在世界各地的书店里

注释：

① 阿托姆意为宇宙精神，叔本华所豢养的一条白色卷毛小狗的名字。

蚂　蚁

三个A

成千上万的蚂蚁
在祖国的版图上。
在漫长的旅途中
有的迷途，有的死亡
有的拖着伤病
艰难在路上行走。
有的则安然活在
自己小小的幸福里。
成千上万的蚂蚁
忙碌奔波，不远千里
从南方到北方
从乡下到城市或返回
若相遇
亦互相点头致意。
它们团结的力量
胜过所有的火车。
我亲眼见过

它们把一座城市
从地下搬到天上
它们单纯，毫无心计
任劳任怨。
它们弱小的身体里
蕴含着强大的热情。

原载《南方文学》2004年第1期

与某诗人在网络唱和

武靖东

总有一些人及其气体，在酒杯边缘
闪或灭，风雨为我们这些俗人加菜，谁还未饱？
谁还不能消化，昨天的事件，在被闪电撞弯的
嘉陵江北路，一个简明的小店

仍有铁轨，用南减去北，仍有光线将如血的细节
注入6月19日的夜晚，我的表情慢下来，我的
腰包里，领袖前往梦乡，剩下的群众具体到工农

墙画中，蔬菜和牛肉，比盘中的要新鲜
前来上酒的服务员，越来越丑陋，漂亮的
臀部，已被一些纸币铲走，我喝着的是什么？

和我一起喝着的是谁？今夜，不会有什么发生
因为我离生活——一个浪游人的生活是如此的近
仿佛到了，又好像没有，餐桌上有地图？
我坐在市井的角落里，如同没有鞋的，云或水

原载《中国诗歌》2014年第6卷

听佛记

赵凯云

陪莲花听梵音
佛会哭
僧袍赤红
像入定的火焰
打疼灵魂的惊悚角落

佛堂寂若月色
一些风在慈眉善目地介入
一些人在悄无声息地隐匿
很多走独木桥的鬼提着脑袋
在阳世裸奔
惊慌如地火追赶的兔子
木鱼有剜心的痛

阳光抚过大地
却没留下任何颜色

这个秋天
枝头的菊花颤了一下
我听到
我体内的熊又叫了一声

原载作者博客

镜中的妹妹

爱　松

镜中的妹妹，你往何方？
荧光粉扑在阳光上成了火焰
披在你身上，为过去的泥土
送行，它是皮肤，你掩埋的绿色种子
不发芽的荧光，一闪一闪

你的小手，在一个男人手里变旧
镜中的妹妹，透明的另一个躯体
我捡起一块鹅卵石，扔进蓝色
漩涡多么潮湿，小手顺着发梢
滑进黑白，碰及我狭长的眼骨

这弯曲的湖面，把你放大
静止的少女在里面隐现
时光锻造的玻璃，压低了额头
这些都是虚拟的吗？我喊一声
你的名字，就在我心里答了一遍

没留下任何气味，另一个世界只距我
一步之遥，镜子被撑得快要碎裂
影子，一叠叠一叠，你看不见我把耳朵
贴在湖面，冰冷的鱼穿过长长走廊
鱼刺在你体内，镜中某一年

哦，镜子，时空唯一的墙
模糊，衰颓，它筑在词语破碎
之前，这个孩子，这两个孩子

和镜子一道哭泣，在黑夜
破碎以前，妹妹，你去了何方……

原载《诗刊》（上半月）2014年第1期

一首诗歌睡在纸上

黎　阳

豆大的汉字，擎起纸的脊梁骨让岁月的反面凝固在眸子的深处
昔日的温暖顷刻融化在一杯冷透的茶叶上，水去了哪里
情怀的深谷里幽兰释放着草根的跌宕，一只啄木鸟反复叩拜朽去的沧桑
千帆之后，世俗的潮气依旧不能救起高眠的琐碎
只有这行白鹭，在晴天之下悠悠荡荡

窗含西岭，白皑皑的雪照耀着目光
从拒绝开始信任只是一滴滴地流淌在邂逅的一瞬
梦里生花，这支笔摇头晃脑断断续续
满纸荒唐言。微信之内，还是微微的笑容

很想找一个五十岁的女人结婚

——谨以此诗献给我逝世多年温柔慈祥的母亲

润　生

我很想找一个五十岁的女人结婚，看她凋谢的青春
怎样在风中再次因爱情而盛开
包容我贫穷的身体

记住我说过的每一句情话
珍惜我写下的每一首诗
像母亲一样唠叨，在冬天替父亲补好洗得发白的棉袄
悄悄数着脸上日渐密集的皱纹
在春光明媚的时节，种植蔬菜和花草
在如火如荼的夏天，凉拌苦瓜
清炒四季豆
捡来新鲜的野蘑菇炖一锅鸡汤
一脸天真地向我炫耀三十多年的厨艺
不会忘记在秋天收集蔬菜花草的种子
不会向晚归的我拉下四季分明的脸
体贴如母亲十八岁下嫁父亲时
那床红绸上绣着鸳鸯的蚕丝被
今天还依然温暖着父亲，坚硬干脆的内心
我从未怀疑过自己辨别爱情的能力
只有五十岁的女人才最温柔美丽，善良贤惠
只有五十岁的女人才配叫我丈夫
因为我清楚记得
在母亲满五十岁那一年，才停止和父亲争吵
也常常见到父亲轻轻用衣袖替她擦拭
迎风流泪的眼睛

抑郁症女人切芒果

菲Fei Qin

那个抑郁症女人切芒果
她举着一把水果刀
她切芒果
她切到手指

她流血
她不管
她不疼

那个抑郁症女人切芒果
她举着一把水果刀
她切到手指她不疼她继续切芒果

吃羊头蹄

杨红旗

羊的脑袋已被破开，两瓣或四瓣
放在砂锅里慢慢地炖，两只角微微地弯着
脑浆已空。羊小腿也在里面
从脚丫处破开，再砍成两段。
最后放的是羊血，凝固后，切成方正的块。
羊是温顺的，此时卸下重负，伏首鼎镬
它曾经多么美，多么善良，多么怯弱
看见它的时候，要么在山坡上吃百草
要么在崖壁上跳跃，比运动员轻捷
闲下来，就在平地上抵架，撞击头颅
双方高高地跃起，奋不顾身地砸向对方
像一个勇士。不过任何时候听
羊的叫声，都布满了悲伤，仿佛哭诉
仿佛叫娘。我从未听见过羊被宰杀时的叫声
想必也不会好听到哪里去
任何垂死的号叫，都不配谱上乐曲。
我们快乐地啃着羊的头蹄，敲骨吸髓
手指紧紧地抓住羊角

嘴巴一下一下地咬合。记忆中
半夜里老鼠啃咬木板磨牙，就是这个节奏。

原载作者博客“望旗山顶上”

兰溪送马叙去乐清

慕　白

“从一个晴朗的地方到一个下雨的地方，
实际上只需要一次短暂的睡眠。”

兰在雾里，芭蕉在雨中
兄弟，上午十点一刻的这场雨
再次令人失望，脚下的流水
也不会再次让我们回到里秧田
回到我们失去的彼岸，钱塘江的源头

你低头坐进车子的身影
让我想起了古代友人江边送别
无言探向水面的沉默

水到兰溪，三江汇流，悄然合一
有如人的中年，低缓，宽阔，内心宁静，
月夜漫步，中流击水，西门的桃花正好
今天第一班的汽车，或者最早的轮渡
也赶不上昨晚江边灯火中的盛宴

风很轻，一滴水不能和一条鱼
在同一个地方再次相遇

江的对岸，有人在流水中弹奏起古琴
小城故事，一次又一次重复那相同的别离
孤独的水流过一条兰溪，你又为何行色匆忙
于是寂寞滚滚流淌……

兄弟，兰溪，钱塘江的中游水系
各种各样的人行走在地上，没有人叫得出名字
命运如水，谁能准确预测自己未来的流向
这是一条别人的江，有人在上游点灯
以心为界，明天是谷雨，我也将启程
回到包山底。只是，我不知道今夜的江水
会在何时把我的深思喊醒

原载作者博客

入　秋

韩宗宝

一个怀了身孕的新婚妇人
慢慢地走着　步子有些笨拙
孩子仿佛在踢她　秋凉了
可她的表情是暖的
像天空淡淡的云

远处没有人　田野里很静
夜晚会有更多的虫鸣
点亮星星和田野里的芳香
路边的一根歪着的小草
让她突然想起了什么

那时她爱在这田野里奔跑
跑得浑身是汗　头发贴在脸上
那是很久以前的事了
那时她还不懂得孤独
不懂得如何让自己安静

风有点凉　她的肚子是暖的
她的那位也是本地人
有着同样的口音
同样的禀性　同样勤劳朴实
这一点让她很安心

入秋以来　她在夜里翻身
会很慢　怕惊动了什么
怕弄醒肚子里睡着的孩子
还不知道是男是女呢
这又有什么关系呢

原载《山东文学》（下半月）2014年第5期

去年2

扎西才让

去年，岁月不是金子，不是银子
而是一个巨大的仓库
那里面可以取出我梦寐以求的东西

我头顶的鹰，山尖的白马，和身边的亲人

都是从那仓库里取出来的
我心里的诗篇，也有着仓库里幽暗潮湿的气息

去年此时，我摆脱了困扰了我多年的东西
比如一段感情，一桩难以启齿的私事
一个可以把人在瞬间变成怪兽的巫师

现在，山坡上紫色的草穗深深地下垂
牧场里的家马变成野马，回到山林
道路上，头人的孙子们在石头上歇息
他们远离了他们的时代
已经不再有那种贵族才有的高贵气质

离他们不远的小河边，我低头喝水
水面上的涟漪，波闪出我的前生后世
但我什么都不怕，也不感到新奇
我知道我离不开这身边的世界
这河底的游鱼，也离不开它们的水域

原载《南方诗人》2014年

梦见父亲

李以亮

在午后的小睡中竟然
又梦见父亲。与生前一样，落落寡欢的神情
隐隐记得他立在屋后的树藤下冲澡
（这个背对我们的姿势）
“只有这件事他站着。”——我曾这样揶揄

一个在河边生活的人，终生不曾
下河游泳，他是怎么做到的？
九岁那年，我以舍得一身剐的勇气逃出
他的掌心，并且无师自通地学会凫水
以后，我更是多次拂逆他的意志
我发誓，他是我的第一个敌人
即便现在，比起他那奇怪的爱
我仍然更钟情于自由。但我早已学会理解他
这个被时代打倒在地的人
我那一年的童子尿，不过治好了他表面的腰疾

原载《青春》2014年第8期

永和九年

蔡根谈

豆浆很贵
我在茶里
喝出酒味
黄昏微醺
拔几根鸟毛
随手写幅字
不料成经典
世道嘻哈
暮春邀约
熟女做伴
裸体放歌
撞见尼姑
沐浴幽潭

失色惊叫
阿弥陀佛
罪过罪过
野趣勃发
精液四射
狐狸现形
冤家骂一声
溪水隔两岸
遥忆前生
海南神仙
喜食烟火
迷恋红尘
画岛为牢
反复兜圈
善于失眠
恍惚回到
庆丰二年
岁在甲午
猴王上山
笑看正龙
拍乌有之虎。

原载作者新浪博客

爱情之水

成君忆

墙角里　一只插头
与插座深情地相爱

他们的爱情
点燃了城市的灯火
也沸腾了一只锃亮的电水壶

像这些沸腾的水一样
生活　总是因为爱情而叫人兴奋
因为兴奋而有了快乐的歌声
和幸福的温度

我坐在灯火通明的寓所里
感叹着人世间
离合与开关之间的爱情故事
让这些温暖的水
浸润我的味觉

最后一个桂冠诗人

高世现

冒烟的获奖名单，谁念出一个诗人的名字
谁就要毁掉一个诗人——灰烬才是最真诚的颁奖词
火才是最革命性的加冕，还有什么名声
重过我从死亡的方向接过灵魂的证书
现在，我仅有的清白就是获罪一样的获奖
我仅有的自由就是在文字狱，繁殖恶之花一样
肆虐我身体里窖藏的波德莱尔
那么，开始邀请我吧，到兽性的牢笼去
获得我神性的罪名，我仅有的人性
就是送我上断头台一样
送我上领奖台。没有大师的时代
小人就是杰作，或者，就这么发言吧

谎言，现在是这个时代仅有的遮羞布

是的，我把键盘敲成了焚炉
让诗露出白骨。是的，我是在给文字扫墓
写诗，我是在给句子造纪念碑
（我的灵魂肖像）只能想象李白来充当模特
破碎的我泼溅在二十六个字母之上
我仅有的形象就是断指一样赢得断代史
的怪诞

或者，就这么撕开阳光一样的封条
我要看到黑暗

东极岛

曾语安

一

夏日谨慎
天堂变得圆满
东极没有认定的终点
你的身后
另一个我正在奔跑

整夜都有鸥的鸣叫
呼唤着另一个岛上空房子里的生灵
他们相爱，转身
高喊出绝望

水和岸奇异地分开
又奇异地紧紧相连
我们学会一种新的方式失去
对于拥有的不可知的一切
满怀眷恋
全程阅读

二

每一个去岛上收集海浪的声音的女孩都在失去童贞
“愿望总会一点点凹陷下去”
她们铺展烟霞，长袖善舞
追随浪人的游踵

时间倦怠周而复始
不确定的边陲星星循环
她们下降，坠落
隐入大海原初的暴动

三

在我还没有学会使用罗盘之前
岛屿开始渐渐沉没
黄昏里的脸谱被风吹散
鱼腥和海草正是夜晚里喧哗的部分

季节正在溶解
从前的帆影撒欢经过
渡过低语摇晃的水域
我们的行程止于一场溃败的复述

原载作者微博

请把我埋葬在你的床上

郎启波

我或许死于无从查明的疾病
我很早就老去，在祖国
熟悉的大街小巷里迷路
我年轻时特别留意辨别方向
那时城市比原始森林更茂密
我常迷失于花裙间的红绿灯
那时我的情人全部早我死去
一个死于旧朝的江南烟雨
一个死于京师的八大胡同
还有一个死在去边塞途中
抱歉我不能说出她们之名
如今——我只剩余了
最后一个年轻的情人，还有
些前尘的回忆，残存的诗句
我预感自己将死于一场意外
如果有一天我突然死去，
请让我死在和你偷情的床上
床上的泥土柔软极了，
你可以轻易将我埋葬。

原载作者微信

在人间

尹　马

大雨欲浇我，追我于空山
此山无木、无草、无人
无一个可以借一顶草帽的鬼
大夜欲埋我，黑我于异乡
此地没有月，没有星，没有路
没有一声可以划亮内心的鬼哭
大难不死，是因为一个人
只想死去，就被折磨着活过来
晴空欲沐我，赠我白云千匹
上帝欲唤我，先让我自己
回故乡点灯，读书，饮腐烂的光阴

原载作者博客

中药铺

颜　铭

中药铺沉默在老街一隅
上午的阳光盖住药罐，下午的
阳光依旧穿透那些浮尘
虚弱的光线。顽固的香气
来自木香、大黄、熟地、茵陈、桑白皮
还有全虫、蝉蜕、白花蛇和麝香
来自动物和植物，它们最神秘的部分
来自性味归经和君臣佐使

来自汤头歌诀：小柴胡汤，四君子汤……
来自阴阳五行，那定数与辩证
是的，中药铺虚泛而浓重
经营的是经年的气氛

不要在雾霾的天气里表白爱情

桂　杰

请不要在雾霾的天气里
表白爱情
隔着雾
看不清眼神里清亮的光
雾是冷的
雾是暧昧的
阻隔心里的明火暗火
真的
请不要在雾霾的天气里
诉说爱情
窗外是雾霾也不行
如果你戴着口罩
没人可以听清

如果你没有戴口罩
她会觉得你不关心健康和心灵
这是很冒险也不讲究的举动
在这些个绝望的城市
良辰吉日需要苦等
雾霾　雾霾　雾霾
已经持续五天

爱情正经历橙色预警

请记住我的嘱托
千万千万
不要在雾霾的天气里
表白爱情

十二秒的爱情

钱　刚

十二秒中的任何一秒
都被泄露成了秘密
其中，视频头不再沉默
这积蓄了十二年的
爱情将在十二秒内打开
这个社会的伤口
纯洁的十二秒，孤独地守候
这远远的十二秒中间
没有官僚，也没有色情

烧电焊的人

杨章池

藏在铁面罩后，他抵挡着
自己弄出的光：一万条线
努力缝合互为异己的两根铁

有枪在手，就无剑花可挽了

烟尘中他以蛇信舔出吃吃的笑
和一座灾难深重的锯木加工厂

全世界都在熔化：
笼中猛兽，要嚎干最后一滴血
而他的蹲伏始终像探雷

什么时候铁不再弹跳，红得发亮
什么时候焊芯温顺地脱去药皮

一场春雪来了又走了。他
开始流泪，要为这涣散的两截气候
焊进外乡口音。

原载《广西文学》2014年第4期

孔子不要笑我

曾　蒙

你依附在天香里，稻草茂密，
神秘的三姐采摘着这醉人的香。
色弥漫，双乳透亮，
打开的门歪歪斜斜射出一道亮光。
在门口，你依靠着，
低头，美只是一种呈现，
你呈现着美中之城。
“饮食男女，人之大欲存焉。”
孔子不要笑我，
我等待着这一束光，
等待了好多年哦。

天开始蓝起来了，
像深色的大海。
我无聊地抽烟，打发时间，打发下午，
打发着这密密麻麻的文字。
我在华山的天桥看车流跑着，
时光穿梭，我已经到了中年。
我开始感慨，务必在去书店前
洗干我的手，洗净我的心。

原载《山花》2014年第5期B版

与你有关

魏　斌

闭上双眼
世界还是与你有关

你母亲脸上的衰老
你爱人身上的疲倦
你孩子眼中的迷茫和孤单
与你有关

那受伤的土地
那生病的河流
都与你有关!

那些幸福的人
那些受苦的人
与你有关

那些梦想的灰烬
那些失去的自由
都与你有关!

你将要写下的每一个字
你将要走过的每一条路
都与你有关

睁开双眼吧
世界始终与你有关!

每一滴血、每一滴泪
都需要你用另一滴血、另一滴泪去偿还

原载《西北军事文学》2014年第5期

太行小镇

王志彦

秋天是这个小镇用旧的老式婚纱
满身斑驳的坏脾气，正在一点点脱落

被煤矿拒之遥远的鸟鸣渐渐恢复意识
接近死亡的流水，在鱼骨的滋补下松开了紧握的拳头

离婚多年的少妇，扁平的双乳深藏闪电
她在杏花村的微醺中，拆掉了小镇多余的寂静

原载作者新浪博客

指 环

玉上烟

它牢牢地占据我的无名指
十五年还是十七年?
我的手指不知什么时候开始
出现了一道凹陷的白色印痕
像一条环形小路
我无法将指环摘下
我的关节拦住了它——
这命运的纬线。或者
是我缩小，被它紧紧箍住了一生
它从未去过其他地方，除了
这根手指
它那么坚决，跟随我做家务
工作和写作
它能听到我血管的涌动
食指和中指间香烟的叹息
它熟悉我紧握的拳头，爱时的柔软
熟悉我的颤抖和冰冷
它暗藏的那条发白的小路
同样是我熟悉的
像爱的伤痕
栩栩如生又寂无声息

原载《西部作家》2014年第5期

斑斓之虎

谈雅丽

病室的中午，我曾梦见一只斑斓之虎
在我的体内缓缓走动
它有金黄的凶猛，也有黄金质地的温柔

我奢侈地梦见爱，梦见在某个地方
他和我携手并肩地走在秋风乱卷的街头
在不为人知的病室角落
我会为怎样的人生际遇放声恸哭

人群总是把我推向寂寞，牵我之人
我们该怎样细述一生，该怎样用倒叙的手法
描绘我在四十四病室里一颗踉跄的心
用此刻，一个人他可能对我施展的全部柔情

我不必被谁安慰，我强大到足以打败自己
我的软弱，深植在黄金之虎的斑斓体内

我在清醒的中午数着大楼向阳面的玻璃
从镜子两侧审视自己不全的人生
我还数我身上的暗疾，内伤，疤痕
以及不可救药的暗

众多亲眷，来用一丝简单的爱唤醒我
因我越拉越紧，越拉越紧
系在我和命运之间的
那根微弱的细线

原载《新华文摘》2014年第8期

野 灵

温经天

欢爱是这样的，死亡是这样的，
也许是这样的，所以是这样的，
没有路的路径直通悬崖
自下而上，就是天堂

秋在往返中遗忘。你的告白
你的主张。颜色在转换间点染了
你眼。黑白褐的东土
也曾是疾马奔腾的水乡

琴键是这样的，欢愉是这样的，
追忆是这样的，沉沦是这样的，
野蛮丧失的不止风度
还有一升升喷薄的热血

在星球的画廊之中穿行的人
也在它镀金的变灰的相框上腐蚀
语言。汲水的画师吐火
闪逝的先知隔着泥土烧制理想国

一双耳朵，一次怎样的惆怅
得以谱曲，派遣风雨去歌唱
未来是这样的，从前是这样的，
母体是这样的，男儿是这样的。

原载作者新浪博客“怀抱破碎星球多少昼夜”

兽

楚　雨

它不断缩小，越
来越小
几乎不被人发现
不小心碰碰
它发烧的眼睑
可以听到嗤嗤的声音
她从淘宝
订购的白色箱子到了
冷冷的眼神
紧贴杉木游走
她把它锁起来
天啊
整个夜晚，它在
里面砰砰作响

原载《翼》女性诗刊2014年4月

木　鱼

王有尾

第一夜的木鱼
害得我凌晨时分
才睡着
我问出家的朋友
你们夜里敲什么木鱼
他说哪有

第二夜的木鱼
敲了有三百多下
就没了动静
我问出家的朋友
你们夜里敲什么木鱼
他说哪里有
肯定是你幻听了

第三夜的木鱼
始终没有敲
害得我半夜没睡着
我问出家的朋友
你们的木鱼怎么不敲了
他说哪有
他们从来不在夜里
敲木鱼

原载《延河》2014年

乌鸦（三）

唐　力

在回家的路上
我看到一只乌鸦在我的前头飞
漆黑的羽毛，漆黑的叫声
我跟随着它，这秘密的引领者
一只乌鸦在前头飞
前面是苍茫的暮色

一只乌鸦一头扎了进去
像一支犀利的笔尖
一头栽进了墨水瓶里
然而乌鸦不会消失
就像墨水瓶永远不会
淹死一支钢笔

我跟随着一只乌鸦
回到一只墨水瓶中居住

而我的灵魂仍在飞翔
（我的灵魂，仍穿着黑色的外衣）

原载《海燕》2014年第6期

果园来信10

聂广友

谷风凄其。荆丛照见
晌午的矗席。赭节，肉脉
塌陷着，于凌厉的芬律
看到痛的纤管，边修造着墙垣。

花瓣逐渐变紫。野草莓
裸呈的印痕里，润绿的晨光
半张着明密的卷轴。
少年手臂高高地擎住。

韶华崩奔。因其幽径，因其

箬叶、良节，在园中诸蔬的
墙垣，在筑建的拱顶下。
母亲阔大的身形仍在分布。

父亲的脸颊在四月渐渐形成。
北方的田塍在四月成型，
长出白马，发出白色气息，
悬挂于垓下。

原载《飞地》2014年第6期

第五辑
生于60年代的诗人

皓　月

韩　东

哦，这片映照我的水变成了不再反弹的墙，
这条通往深处的心路变成了唯物的深渊。
这些词语的闪亮曾带给我温暖，
而此刻只有刺刀在月下吸附寒光。
美丽的脸庞依然美丽，
如皓月高挂在村口的歪脖树上——
已不再是一张人脸！
寂静中再没有声音，也没有宁静，
只有乳白的厚度在增长。

原载作者新浪博客

偶遇神灵

张清华

在一万米高空
他飞得平稳，沉着
动作优于一只蝙蝠
视野高阔　犹如一只年迈的鹰隼
在长颈鹿和望远镜都无法抵达的
高度　他与我乘坐的机器并驾齐驱

啊嗬——
那时我看到一幅奇异的图景
在玫瑰的、古铜色的大海
有人用翅膀划水
有人用衣袖翱翔
用手势和眼神交谈
耳边响起呼啸而过的风声

哦　玫瑰的黄昏
孤独的黄昏突然来临
他折返翅膀向下方飞去
我忽然感到一阵眩晕
离开一万米的晴空
我丢失了不知所踪的神灵

原载作者新浪博客

在柏灵顿的森林中

伊　沙

在柏灵顿的森林中
（这座城市
就坐落在森林中）
每一颗参天大树上
都上蹿下跳着
一只小松鼠
吓了我一跳
又吓了我一跳
反反复复
不停地吓我一跳
起先我是为它们的
突然出现而受惊吓
后来我是为它们
根本不怕我
而感到害怕

原载诗生活网伊沙专栏

在江油的庭院

徐　江

我忘了李白故居的院内
有没有竹子
但院内的砖房
取代了原始的草房

这是显然的

为了把即将开始的
公祭仪式主持好
我只好放弃了上山的打算
来这里歇歇痛风频发的脚
抽上两支烟

在大队诗人从山上下来前
这里是安静的
一只花喜鹊悄悄来院中散步
它有着与北方不同的花
与北方不同的小

每次调试完焦距
它都只出现在
画面里稍远的地方
如此谨慎
我知道

是李白

原载葵文学论坛2014年9月7日

我今晚

周亚平

我今晚
躺倒在一个

巨大的浴缸里
手捧一蓬泡沫
笑了

1. 这是春天，3月，我骑了车，赛车
我往春天的深处去。我像个傻瓜
耍蛮力，我的胸口已敞到不能再敞
我的手臂逼紧了车把，我要撞破：空气
却越来越，撞不动

2. 我做了个飞翔的姿势，因为
四围都是绿色。像一块板，从上到下
依次为深绿、淡绿、浅绿。
有一只球迎面飞来，越近
越像一粒、一大粒绒毛，而
实心球，早已穿过我的底线

3. 喜剧，在前面上演。围拢的人群
都在记着笔记。演讲的，是一大个
粉红色的头发竖在正中央，镜头，对着
他的脸，有人却看着他的鞋跟。
他说到“春天”时，抱胸的黑脸汉子
回头瞥了我一眼

4. 我不喜欢静止的画面。
这是春天，运动的球鞋穿在脚踏上
把一块块阴影甩给石子。有一女子
中年的妇人，她把手探进了栅栏
她让栅栏里的幼儿咬住了她的手指
3月啊，在一个小小的地方发痒

5. 扔一粒石子，扔到了田中央

这里摆满《哈利·波特与死亡圣器》的图书
绿油油，像我的胸口一样敞开着，我
靠在田埂如枕着书沿。看着神秘的人儿
下天梯，抱来一摞摞亲切的书

6. 把美人捉来。嘿嘿，能不能像条鱼样
把她挂起来，拿把匕首吓吓她
这是春天的宴席啊，年轻的厨师
一手扶住水桶，一手叉于腰间
灿烂的向往，已开满他全身

7. 我骑了车，赛车，尽享最美的感觉
我还是要往深处去，但深处却在塔尖。
上面的佛被去年的脚手架遮蔽了，蓝天却
数着台阶，一层层向上，直至穹顶。
靠近我的女子，一个起身，她扶住面颊的
小手，结成了一枚蝴蝶。

8. 我一个趔趄，好开心，我
一个趔趄。3月，仿佛一只小狗，被我
举在手里，雪白的身子、粉嫩的脚
漆黑的脑袋、泛泪的眼。在我微笑着
面向它的时候，它一叫不叫，眼巴巴地
注视着我的舌尖。
这里，定有颂词产生。

9. 哈哈，我到春天的深处了
我看到了我的运动鞋的倒影，仿佛
两只情侣脚，踏在一起，下面那只
在青草中，燃烧。

原载作者微博

喝酒不会使生活有意义，而是使忧伤没有意义

杨　黎

2013年6月17日黄昏（追忆中）
我正在成都芳草西二街路口等六回和邱静
突然接到周亚平从北京打来的电话
他的声音我很熟悉，甚至他起调时的鼻音也熟
但我并没有感到温暖，因为他说到了小谢
5年前，我和小谢在成都，就在芳草西二街
所以，我挂了电话，马上订了一张回京的机票
我想和他喝酒：成群结队的人，涌进又涌出

原载《红岩》2014年第2期

星星索引

张执浩

回老家的目的之一是为了看星星
下了一天的雨傍晚停住了
从山上淌下来的野水裹挟着浊气
经由高粱、芝麻、红薯地汇入岩子河
蛙鸣声中炊烟格外安静
斜长的草坡上相邻的坟堆
枣树、松柏和望子草隔开了它们
我记得母亲躺进棺材时脸上搭了张草纸
我记得我躺在草坡中央把夜空盖在脸上
星星附近总有星星
而入睡前的那一颗

我确信它是我见过的最遥远的东西
就像我对现实的处境深信不疑——
人世尽头
大声尖叫却不期盼任何回音

原载作者博客“撞身取暖”

读仓央嘉措丛书

臧　棣

小时候在四川偏僻的集市上
见过的藏族女孩，在你的诗中
已长大成美丽的女人。
你写诗，就好像世界拿她们没办法。
或者，你写诗，就好像时间拿她们没别的办法。
假如你不写诗，你就无法从你身上
辨认出那个最大的雪域之王。
美丽的女人当然是神，
不这么起点，我们怎么会很源泉。
这不同于无论神冒不冒傻气。
她们是她们自己的神，但她们不知道。
或者，她们是她们自己的神
但远不如她们是我们的神。
1987，失恋如同雪崩，我23岁时
你也23岁，区别仅仅在于
我幸存着，而你已被谋杀。
且我们之间还隔着两个百年孤独。
多年来，我接触你的方式
就好像我正沿着你的诗歌时间

悄悄地返回我自己。1989，我25岁时
你22岁，红教的影子比拉萨郊区的湖水还蓝。
1996，我32岁时你19岁，
心声怎么可能只独立于巍巍雪山。
2005，我41岁时你17岁；
一旦反骨和珍珠并列，月亮
便是我们想进入的任何地方的后门。
2014，我50岁时你15岁；
就这样，你的矛盾，剥去年轻的壳后
怎么可能会仅仅是我的秘密。

原载《诗刊》（上半月）2014年第9期

当你老了

柏　桦

往昔的桉树，尿槽，我初中时代的木床，
我不止一次写到；1971年隆冬的精液呀
真的，体内奔腾着多少埋名勃发的深河！

后来，一切都太慢了，生与死，这一对
神秘的珍宝（惠特曼或许破解了它）可
孩子们对它已失去了耐心，请原谅他们。

当你老了，你对我谈起塞内加尔，那里
过街人无论男女，总有一种童年的幸福
而垂死人终将明白，只有不死才是危险。

原载《红岩》2014年第3期

死去活来

雷平阳

祭师死于频繁的下跪
金孔雀人立而行，又将他的灵魂
从空中，送回了家。之前
他还死于械斗、围猎、大酒
也曾死于度亡时将自己
放了进去。孟加拉虎，人立而行
送他回来过。野象、巨蟒、金钱豹
以及海豚和山魈，人立而行
从广场、舞台、动物园等不同的地方
分别送他回来过。他的样子
不像重生，不像赖着不走的隐形人
没有死里逃生者，惯有的
懵懂与震悚，回到家，键门酣寝后
顷刻间便从尸身中拿出自己
他席地而坐，嚼食着竹虫、蜂蛹
和风干牛肉，一碗酒落肚
这才腾出左手，拉一把空椅子坐下
右手不停地揉着膝盖
家人们还在他的坟地上痛哭
立碑、种松，屋子里，只剩下那条
被他打瘸了腿的猎狗。他只是来辞别
拉着狗的尾巴：“下一次，我再也不
回来了！”接着又说：“如果有人
连死去的人也不放过，还要我回来
领罪、作伪证，我，我……”
他开始噎咽，猎狗用温暖的目光，望着空洞的他
又掉头，对着门外空吠了几声

他活在人鬼之间，知道太多的
不可告人的秘密："我，我……"
一个死去的人，在无人的家中，他仍然
什么也说不出来，喉头上的铁锁
他打不开。猎狗人立而行，一瘸一拐
在他面前表演哀求、下跪、叩首
他终于笑了起来，又哭了起来
——送葬的家人回到家中
人人都欣喜若狂，连夜运回他的尸身
求他附体再生，他抱着自己
又哭又笑，不停地死去活来

原载作者新浪博客

闻谢默斯·希尼离世

桑　克

又一个同行离世。
我正在习惯年岁大的人向我们告别。
年轻人的不辞而别
往往让人伤感。

正赶上夏天向秋天
转交权柄的时辰。
哈尔滨正在变冷，而大兴安岭
已经结冰。

我没有误解伤心，
只是重新握住储满墨水的铁锹，

打开对照本的《贝奥武甫》。
打开爱尔兰。

在牡蛎之中认识
在柴草之中点燃
又一个同行之星在天边闪烁，
又一种晦涩显现。

特意握住冰鞋
或者冬天干枯的枝叶。
如果你能回来，
就请再次讲述乡村。

原载《星星》2014年第7期

敬亭山记

李少君

我们所有的努力都抵不上
一阵春风，它催发花香
催促鸟啼，它使万物开怀
让爱情发光

我们所有的努力都抵不上
一只飞鸟，晴空一飞冲天
黄昏必返树巢
我们这些回不去的浪子，魂归何处

我们所有的努力都抵不上

敬亭山上的一个亭子
它是中心，万千风景汇聚到一点
人们云一样从四面八方赶来朝拜

我们所有的努力都抵不上
李白斗酒写成的诗篇
它使我们在此相聚畅饮长啸
忘却了古今之异
消泯于山水之间

原载《南方都市报》2014年8月7日

两个世界

余　怒

深夜回家拖着疲惫之躯在
楼梯上站一会儿使自己平静下来
外面漆黑一团而屋内光线明亮两个世界正面反面如果你
一头闯进去你会大吃一惊谁戴着
牛头面具望着你眼泪汪汪孤独的唯我论扭动四肢
想起去年梦中猝死的某某一天他来串门在沙发上
一声不响不停地发短信猫在他腿上挣扎他没有感觉
我问他发给谁猜这个猜那个他笑而不语是否真有其人
一时半会得不到休息就像从游艇上
突然降落到飞机上

九月之诗

谷 禾

刈割的田野有泥土的本色：黑，或者黄——
野兔的放逐
此刻弯腰的人，日头把他的影子也播入犁沟

继而长出麦粟、稻黍、村庄，以及墓碑——
微物之神黑暗而巨大的胃，翻滚凝固的泥土波浪

从我的村庄，向南一里的练沟河
向北二里的清水河——
河床上石头和白骨的闪光，而我曾于此长坐

没有一朵云认出我，没有流水打湿我干涩的眼底
即将夷平的坟茔
对应着村子里寥落的人影。如同天上的星辰

对应着人间棋布的屋顶

原载作者新浪博客

忆顾准

陈先发

让他酷刑中的眼光投向我们。
穿过病房、围墙、铁丝网和
真理被过度消耗的稀薄空气中
仍开得璀璨的白色夹竹桃花。

他不会想到，
有人将以诗歌来残忍地谈论这一切。
我们相隔39年。
他死去，只为了剩下我们

这是一个以充分蹂躏换取
充分怀疑的时代。
就像此刻，我读着“文革”时期史料
脖子上总有剃刀掠过的沁凉。
屋内一切都如此可疑：
旧台灯里藏着密信？
地上绳子，仿佛随时直立起来
拧成绞索，
将我吊死。
如果我呼救，圆月将从窗口扑进来堵我的嘴

逃到公园
每一角落都有隐形人
冲出来向我问好

要么像老舍那样投身湖下，
头顶几片枯荷下下棋、听听琴？
可刽子手
也喜欢到水下踱步。
制度从不饶恕任何一个激进的地址。

1974年，这个火热的人死于国家对他的拒绝
或者，正相反———
用细节复述一具肉身的离去已毫无意义。
1975年，当河南板桥水库垮坝
瞬间到来的24万冤魂

愿意举着灯为他的话作出注释。
我常想
最纯粹的镜像仅能在污秽中生成，而
当世只配享有杰克逊那样的病态天才。
忆顾准，
是否意味着我一样的沉疴在身？

但我已学会了从遮蔽中捕获微妙的营养。
说起来这也不算啥稀奇的事儿
我所求不多
只愿一碗稀粥伴我至晚年
粥中漂着的三两个孤魂也伴我至晚年

一只公路上的猫之死

邱华栋

我看见有一只猫，在马路中间
它感到无比惊惧，它无法逃走
因为车来车往
巨大的汽车在它头顶碾过
它根本就不敢动
一直在无助地喵喵叫

我看见了它。我当然知道它的处境十分危险
我等了一分钟，为的是期待它鼓足勇气
跳出来，逃到马路边上
但是它终究没有挪窝

我决定去营救它，我刚走到马路边上

一辆大型公共汽车开过来了
等到长长的公共汽车从它的头顶驶过
我发现，在马路中央，那只猫不见了
奇怪，它去了哪里?

停了一下，我明白它了
它一定是跳到了车的底盘下
在大型公共汽车覆盖它周身的一瞬
它一跃而起，跳到了汽车底盘下
绝望地抓住了很滑的底盘

我站在路边眺望公共汽车消失的方向
哦，我又看见那只猫了，它
一定是从汽车底盘下面重新掉了下来
依然在马路中央，处境丝毫没有改变
而不断有汽车的急刹车声
那些车子在纷纷躲避，也有几乎压着它的
它绝望地喵喵叫，不能跑，也不敢跳
在等待着无法摆脱的厄运

我刚想跑过去拯救它，但我的班车来了
我只好上车，选了一个靠窗的位置坐下来
为的是把脑袋伸出车窗去看它
还在不在那里，车行200米
我们的班车经过了猫在的地方
我看到它已经被某辆车碾上了
它受伤了，拖着半个身子在哀嚎
似乎要挣扎着逃开，但肠子粘在了地上
我的心一疼，我们的车走远了
我看见它还在马路的中央

第二天，我再次路过那里
发现那只猫已经变成了一堆凸起物
被压扁在地面上
不成样子的皮毛包裹着内脏，成为饼状物体

又过了一天，一场大雨清洗了一切
我路过那里，看见猫的尸体没有了
环卫工人打扫了它
连血迹都被冲刷干净了
那里是一片空无

但猫的形状，猫的挣扎
那么鲜明地映现在我的眼前
而我觉得其实我的境遇
和那只猫十分相似
或者，我就是那只猫

失语症

蓝　蓝

已经有很多天了……她在屋子里
盯着墙壁。有时低下头
盯着手里的杯子。无论如何
要记下很多天里没有发生的事情
就像她一遍遍摩挲着茶杯
直到它变凉。

这事情如此重大，以至于她不知怎么表达
所以继续倒进开水，等它们变凉

那滴留在杯口的水珠
慢慢变成几乎看不出来的水渍
就要隐去在暮色中，像那些
忘了何时写在照片背后的字
那无意义的、颜色消褪的、不可能
与回忆对称的笔迹。

原载《人民文学》2014年2期

我的愿望之四

杨　键

我愿我的灵魂如一根玉簪一样美丽，
我愿我的灵魂如一只刻着兰花的银盘，
我愿我的灵魂如一粒香米回到石臼里一样甜蜜，
我愿我的灵魂如一张失而复得的古琴谱。

我愿我的灵魂如一棵古树一般奇伟瑰丽，
我愿我的灵魂如江水一如既往地善于遗忘，
我愿我的灵魂如大雄宝殿，
我愿我的灵魂如1957年被放逐的灵魂回归了灵魂。

我愿我的灵魂回到宣纸天生的滋润之中，
我愿我的灵魂回到明代一张椅子的委婉与开敞，
我愿我的灵魂回到村路上山路上水路上，
我愿我的灵魂回到一座古老的祠堂里面有我祖先的牌位。

我愿我的灵魂回到一缕草药的芳香与苦味之中，
我愿我的灵魂回到宋代青瓷的寂静，

我愿我的灵魂回到敦煌的鲜艳与永乐宫的华贵，
我愿我的灵魂回到神农伏羲的年代因为我与他们一样古老常新。

梦中鹤

周瑟瑟

鹤静坐于我家堂屋，我知道它来了，并且坐下来了
在黑暗里，它来了，我年迈的父母已经熟睡，母亲睡得
静无声息，她总是抱怨父亲。此刻父亲鼾声如雷

鹤的耳朵灵敏，它听见父亲在心里写字，虽然父亲一只耳朵
听不清楚我的电话，父亲写下——“诗硬骨”
我的骨头在梦里嘎嘎作响，是墨汁渗透进了我的骨头

鹤起身，拿起茶壶，倒下母亲留给我的浓茶
鹤饮茶，发出嗞嗞的吮吸声，在漆黑的夜里

鹤起身，擦拭木桌子，这一张饭桌我们兄弟曾经围坐
如今四散开来，留下两个老人，他们面对面坐下吃饭

鹤起身，潜入一间卧室，它把柔软的翅膀盖在母亲的额头
此时，鹤哭了。我在京城的梦里紧紧抱住鹤，它的身体滚烫

鹤起身，潜入另一间卧室，它惊慌地弹跳，像是遭了电击
鹤的叫声惊起了我，异乡的哥哥也一同醒了，他一脸惊恐
哦我们的父亲没了呼吸，仙逝如鹤，扑腾一声从家门飞走

原载作者微博

真正的祖国

——写给潘维、树才、陈东东

李 笠

秋风吹着我们头上的树，树发出帆的声响
我们不在花园里。我们在海上。扬帆
爱尔兰咖啡，绿茶，普洱，拿铁，热巧克力
它们用不同的语言驶向同一种诗意：穿越疆界

敞开的词语打开布满蜘蛛网的时间
让竹林七贤的东晋和岳飞的南宋聚集在闲适的下午茶里
“这才是真正的祖国！”吱吱作响的椅子说
“与祖先开辟的生存地无关！”

是的，祖国不是身份证。祖国是一种气氛
祖国是此刻：一个男人
与一个女人的手缠在一起，像藤
或女人把脸贴向男人，像船依偎着海水

“祖国对于我并不存在，存在的
仅仅是不可逃脱的抖颤。”风中的细草说
宋词里的寒蝉在风加剧时
提高嗓门，为了让宇宙听到自己的歌声。那唯一的祖国

给小学生上诗歌课

何小竹

我先介绍，我叫何小竹
我是一个诗人

我17岁开始写诗，今年50了
我还在写诗。然后
我提出一个问题：
为什么写诗？
我说，一千个人
有一千个理由
我的理由是，为了表达
为此，我准备了柏桦的一首诗
这首诗就叫表达
“我要表达一种情绪
一种白色的情绪”
这首诗对他们来说可能深奥了一点
但我朗读它的目的
是想让这些小耳朵
据说有四百只小耳朵
来听我的诗歌讲座
我要让这四百只小耳朵
听一听，感受一下，一首好诗
应该是什么声音，什么节奏
也让他们知道
一种情绪，哪怕说不清楚的情绪
也可以表达，用诗歌来表达
为了离他们更近一点
我又读了李白的《赠汪伦》
杜甫的绝句，两个黄鹂鸣翠柳
以及薛涛的一首诗
我也读了自己的诗
一首《隧道》，一首《指路》
最后，我又提出一个问题
什么是诗
关于这个问题

我没有正面回答
而是引用了孔子的名言
不读诗，无以言

原载《长江文艺》2014年第4期

收藏

王明韵

我喜欢收藏，一收一藏
两个动词，彼此交换目光
收，弯下腰，捡起，对着苍天打量白云
藏，藏于洞穴，或者避光保存
含在嘴里，在唇齿间
当然，收之前，需要擦亮眼睛
看一块石头，有没有伤口和花蕾
一枚月亮，它是否大病初愈，还很孱弱
一棵草，在早晨醒来，在夜晚
和羔羊一起安睡
而藏之前，要把所收之物
交给药液、火、唾沫星子
交给钟的秘密和迟疑
然后再把它们藏起来，藏在
连自己也找不到的地方
告诉儿孙，其实土地
就是体味、汗渍；其实古董
大多是泥巴、赝品、烧火棍
早年，我收藏笨重的邮票，现在
我只收藏它模糊的邮戳

我还收藏雨水，当它
从瓦檐上滚落的瞬间
收藏瓦片，当它在雨水进行时
长满青苔；收藏命运
多好的枯叶蝶
它时常收拢起翅膀，一语不发
我收藏影子于身体之后
我收藏失眠于睡眠之外
更多的时候，我收藏眼泪，在眼睛里
收藏爱，在爱人的怀里

谐谑曲

余笑忠

指挥家传授的秘籍：永远不要
朝铜管乐手注目
否则，他会格外卖力

我的心里也有一个小号手
每当午夜时分
他便圆睁着双眼，使出吃奶的力气
他顽劣的一面
让我迷恋，让我焕然一新

像迟来的雨，我们为之祈求：
大一点，再大一点，好让我们悲愁的双眼
明天看到碧空如洗

但低沉的弦乐，跟不上

直上云霄的小号
像屡屡沸腾的水壶，积下坚硬的水垢
像奔腾的大河，变成了一个嗜睡的妇人
波澜不兴的乳沟

原载作者新浪博客

哈姆雷特（生与死的独白）

杨　政

如若夜莺啼啭的月只是一堆灰
如若傻傻的奥菲莉娅死了我的死
而我还须一死，多么虚幻的真实
命运就是你是你，但现在还不是

对于活，活一天不如说死掉一天
对于死，死从活的第一天便开始死
这些牵连的轻盈的对立面，仿佛
黑夜踮起脚尖悄悄逃开滚烫的自己

那个絮叨的魂魄，他正活着他的死
又来叮咛后死者刻不容缓的救急
复仇像个焦煳的空影，等待我去附体
生存还是毁灭，仍是值得探究的问题

我究竟要杀死生，还是杀死死？
既然把我镶进了那个死结局，那么
让我的死暂且逗留在我的生里

原载杨政微信朋友圈

书房偶记

李元胜

漫长的冬夜开始了
这是离古代最近的时候吧
独坐室内，像一盏灯
勉强照亮一本旧书
但远不足以照进那些缝隙

就是说，有些楼梯
在一本书里也是看不见
没有说出的都漆黑着
经过了几个世纪
仍然漆黑着，让园子里的热闹
格外意味深长

唉，还不如背着手走开
不如在心里复习张旭的狂草
它毫无顾忌，说出了一切
第一遍是一曲豪歌
第二遍是一场痛哭

原载《红岩》2014年第3期

埋下陶罐的新人使我看见

海　男

他，或许是包谷酿自美酒的人
或许是在一眨眼的光景中，已经开始成熟的光体

或许是太阳的仆人和母亲的情人
总之，他拎着一只陶罐正寻找一座山冈

他的布衣飘动，使一架失踪的织布机
重现身形；他的黑布鞋前后穿巡
使我想起了时光啊时光的颂词
他朝庄稼地以上的山坡往上走

往上走就是山冈，层层叠叠的云彩
忽儿幽蓝，忽儿橙红，他突然凝固
像沉重的云团。他怀中的陶罐却离我越来越近
有越来越清晰的纹路召唤着一场倾盆暴雨

埋下陶罐的新人被我看见，他的脸
在暴雨中如水墨画；如同复述着沉寂的旧梦

原载《大家》2014年第5期

假 如

安 琪

假如你没有在一朵花上躺过，你就不能称之为女人
假如你没有在一朵花上睡过，你就不能称之为男人

你躺着，自成一个自足的世界，你在你的躺中睡着
千山万水向你纷涌而来，却被你挡在梦外，你很美

那向你遥遥赶来的男人在他的奔走里不断发射他的
意念构成终将埋葬你的陷阱，他喜爱你这株生长在

异乡的植物！粉红的丝绸样光滑而健康的裸体如此
匀称，他就要用称之为亲切的陷阱啜饮你、针灸你

假如你没有被啜饮过针灸过，你就不能称之为女人。

原载《天涯》2014年第4期

苍穹下

林　雪

一片苍穹渐渐垂落在红土塬
在这世界的肩膀上
一个无名的凹处，有一捧
温热的世界燃烧后的灰烬！

你是我不曾事先预约的身体
一片苍穹渐渐垂落在蓝指尖
掠过高原的一阵精神的战栗

一个你。一阵风暴啊！
这是你肺腑里的殿堂
这是你头颅中的火车站
一节亚麻绳里怦怦跳动的
小心脏——因为爱
我才用诗句费力地擦洗它们

一座毛孔里的剧场用面具恸哭
一个最平庸时代里的异数

一个被不加节制的赞颂
弄坏了的习俗

寄封信给过去。给那时还不曾
和我相遇的你。那些深埋在
过去的悲伤又一次追上了我们
而和未来，也并无
秘密媾和的协议

一片苍穹渐渐垂落在静脉
一句在宜川写出的诗句：
“峁梁对于两个身体
已是足够的宽，为什么
那些独自的人，那些独自的灵魂
却总是擦肩而去”

原载《中国作家》2014年第1期

一次在广阔草原上的研讨会

商　震

鲜艳的帐篷在草地上支起
是一个密闭的笼子
远看像一朵突然绽放的花

一群理论家走进帐篷
一群飞鸟也落在周边

理论家为一个创作技法争论

鸟的鸣叫一直是会议的背景
理论家面红耳赤时
鸟的叫声也陡然提高

理论家突然停止争吵
静静地倾听鸟儿们
随意挥霍天籁之音

原载作者新浪博客

给母亲写一首情诗

大 卫

只写你十八岁，写你十八岁的胳膊
十八岁的腿，写晨露缀在发梢时，你的目光
比晨露还湿，你侧身的时候，玫瑰
看见了你，百合也看见了你
写你低下头时月亮的梳子
正梳着流水

一辈子没到过
县城的母亲，这一次我要把你写过长江，
把你从运河一路写过来，从扬州、苏州、杭州
拐个弯再把你写回睢宁
你是急脾气，那我就把你
直接写到月亮上，把你写进魏楼村的黄昏里
十八岁的眼睛里，骄傲与羞涩并具

我不让那个男人打你，不让

那个男人骂你，不让
那个男人遇见你，不让
那个男人娶你，不让
你生五个闺女之后再生一个儿子，不让
哮喘用一千条绳子纠缠你，不让
饥饿用一千条河流拥抱你，不让
那个男人早早丢下你，不让
你一个人拉扯六个孩子，不让
你趁我睡着时候悄悄离去
我爱你的时候，世界一片芳菲
我爱你的时候，芳菲到此为止

我要教你使用玫瑰与月光
不识字的母亲，我给你写下
这首情诗，第一句是
亲爱的，第二句还是
亲爱的，从未收到过情诗的
母亲，你肯定接受不了
亲爱的，我只能告诉你，这是南瓜
对丝瓜的叫法，这是一滴血
对另一滴血的叫法，这是一个男孩
对比他大很多的另一个女孩的叫法
这是柳树在杏树旁边
发芽，这是一颗心
死去之后，也无法取消
对另一颗心的牵挂

原载《扬子江诗刊》2014年第4期

山寺

田　禾

山寺是钟声堆起来的。半老的和尚
敲响了山寺上空的月亮。

尊座上，三个寂寞的菩萨
与几个剃光头的和尚
默默相对
其中一个，手捧经书，坐于清风
他的朗诵近于虚空。

我的奶奶
清晨从寺门进来
见佛便跪，跪了便磕头
一粒奇异神火，一碗灯
用三尺光芒照着奶奶。

菩萨没有国家
也从不与我奶奶说话。

原载《三峡文学》2014年第8期

悲凉

张　维

少年时　第一次看见马
在瘦西湖的五亭桥边
一匹被人拉着　做拍照道具的马

它回头　温柔地看着桥头的石狮子
久久凝视　坚决不肯前行
它有多久没有看见亲人了啊
哪怕是石头的　梦里的
主人用鞭子抽它　强拉着它
这时　我碰到了它的目光
看到了它眼里涌出的悲凉

我一直无法描述这样的悲凉
它深井似的目光
穿过三十年　来到这个
夏日的正午
草原变成的广场
熙熙攘攘的人流
像野草　突然
我不能站立　瑟瑟发抖
悲凉　正透过我的身体
展现了它穿越驰骋的神秘力量

原载《诗潮》2014年第1期

比忧伤更忧伤
——致班得瑞

潇　潇

莱茵河流过傍晚的我
波影在皮肤上跳跃
那个卡在精神裂缝中的我
逐渐成为高空与远方

音乐，是一种帝王的折磨
比忧伤更忧伤
我撤掉了返回的梯子

我把头歪在冬天的暖气上
过去的岁月有一股斜光
威压在心底
而忧伤——这个管不住的孩子
攥紧灵魂的拇指不肯松手

我给你的诗歌——
被涂改，在磨难的纸上
谎言的橡皮蹲在那里
512÷8语言的尘埃
用商的重量坠落
冲着镀金的伤痕微笑

原载《西部》2014年第8期

荣　幸

车前子

蚕，抛弃在——菜市场，一种荣幸。
河边，垃圾堆，蚬壳，莴苣叶。
糖果厂在工作。
确切糕。
泡在橄榄油里，岛屿。

田野、桑园转让，

抖动彩旗，
停止浇灌，已经种下芝麻烧饼，
纯洁白花开着你们纯洁，
面粉渐渐大绿退回，
意识到错误麦地，
满面羞红，外星人喜欢半夜做事。

你在哪个历史时期混血？
隐匿出处，
充满想象力，
一个拐点蜗居瓶颈的经济学，如此经济，
不用为一丝不挂纳税，女孩，
蚕，养在肚脐眼，一滴凉水。

不幸蚕，在——菜市场，消息封锁前世之茧，
来生之茧，
这辈子自由得没有家室，
没有房子，
肚脐眼里的蚕胀大，
认领神迹。幸运。
最后一个伟大弃婴，
纯洁白花开着，
像茧。

似乎衣冠楚楚抽泣：
河边，垃圾堆，蚬壳，莴苣叶；
面粉渐渐大绿，
似乎退回：我们记住先锋的美貌。

在——菜市场玩具摊，
乌龟与兔共享礼让：

擅长的慢给兔，
给乌龟，擅长的快，不用为孔子纳税，
一滴水养在里面，
如果，足够。如果足够善待。
在这里出现荣幸。

原载作者新浪微博

拆迁

黄梵

哪怕建得再多，也无法挽回已经毁掉的
一堵拆掉的照壁，它曾围住的盛世，比你我见过的还要多

我们用尽四季，还是看不懂，大风摩擦古刹的深意
那种有名的沙沙声，只有孩子们能听懂

哪怕思考得再多，我们的时代还是拆成了裸体
什么都在消亡啊，只有眼睛里的星星，别人再也无法夺走

初春了，有生命的东西都该起床了
为什么河水流得这般倦懒？为什么雾霾重得让我们变得孤单？
在纸上写下那些消失的，这比拆掉它们更容易——

写下古镇——你听见了倒塌声吗？
写下爱情——眼前却只剩性爱的虚无
写下亲人——他们像锚，满手抓住的只是流沙
写下学校——那里正流行一支逃亡曲
写下土地——却没有了种地的农民

写下传统——那是雪地上正在融化的一串脚印

那么，就把拆迁声当成昆虫的动人窸窣吧
把疯长的街道，当作我们的盲肠吧
当它被沙子灌满，被切除
我们再来欣赏这最美的灾难——

我们唯一没有毁掉的是失败，我们的时代
如同沉船，已经沉入海底，仍在收集赞美自己的气泡声

原载《红岩》2014年第5期

抓

中　岛

把痛苦从身体里抓出来
抓出血
抓出叫声

那撕心裂肺的叫声
在所有生命里回荡
我要重生!

把虚伪的、没有鼓舞的虫子抓出来
它的蠕动让人心烦意乱
抓出兴奋感
抓出境界
不再低头!

那曾经沉重的日子

压得喘不过气的日子
统统在雾霾里死去
没有理想的过去
也没有振奋的未来
哪一个空间里
都充满了阴谋
即使是一伙的
那对着你的微笑
都有点淡淡的恐怕

一条迷惑的路
它们没有乳房
没有奶
身体溢着脓
时间的蛆虫在爬
越抓越多

都在使劲地抓着皮肤
叫喊，慌张
拼命地逃跑
那条没有浆的船已经侧翻

那些生死的人
多么希望把邪恶从身体里抓出来
抓出鬼，抓出蹦跳灵魂
那日夜无法停止的失眠
在和你一起打磨命运

啊，你为什么不出来
我已经窒息

被抓出的影子
在叫着你的名字

原载作者新浪博客

午夜的街头与一只猫相遇

马永波

你侧身躺在大街中央，眼睛还半睁着
可怜的小东西，出了什么事
你的眼神好像在问我，生命是什么
我刚从一个讨论生命是什么的会议上回来
喝醉了酒，因为生命是多么美好
虽然那讨论会很无聊，发言的都是僵尸
我可绝没有想到会这样与你相遇
“死”就躺在我这个“生”必经的路上
好像在向我发问，未知死，何知生
午夜街头，突然静了下来，我徘徊片刻
想找根树枝把你扁平的尸体挑到路边去
那些呼啸而过的汽车会一次次碾过
直到你瘦骨嶙峋的疼痛被太阳的清洁工收走
或是变成一个金黄的蜂窝，淌着血蜜
可最终我什么也没做，和你交换过会意的眼神
我转身离开，像一个灵魂离开自己的躯壳

原载作者新浪博客

到海巢去

杨小滨

在去海巢的路上，我们遇到了
家人、旧情人和几个幽灵。

海浪的声音像阳光砸在我们脸上。

一阵海风吹进来的时候，你
正在梳头。你趴在窗沿
窗融化成了水，被潮流带走
你接着梳秀发，递给我：
“那是我们的未来，”你说，

“痛的，才是美丽的。”

“可是，咬断的未来还是未来吗？”
你笑了笑，依旧伏在玻璃的水里
仿佛一切都没有发生过。

潮水的声音渐渐远去。
望着正午的碧海，你忘了我
在你身后，已经被火烧完。

你褪下纱衣，把灰烬
叠成记忆的形状。但
那不是灰烬，我在浪尖上奔跑
一匹灰色的马。

“还有多远？”我问。

你回眸，吐舌头：“让海巢的风
吹奏，就像我们的叫喊。”

原载《东方早报》2014年9月18日

鲁山夜话

森　子

说，更多的沉默找到了委托人，
更多的嘴唇如合同。

从这里到那里，心是一粒米，
只为换取鸟儿的签字。

上衣在飞，还有裤子，那些生辉的
毛发，见过史前巨兽。

说到痛处，溪水止不住怀旧，
细草梳理她新生的发辫。

余留一些空间，脚趾夹住泥星，
如同夹紧真理的器官。

昨夜，胃里的酒谈论着新诗，
话说回来，谁没有罪过？

不，不是你。否定似一把锯，
割出朦胧的双眼皮。

饮用自然，口吃最有发言权，
石头懂得人类烟熏火燎的习性。

在豹子曾经坐过的地方，
没有保健医生前来巡诊。

当疾病谈论我们的时候，
我们没有肝胆。

我们越是害怕，就越是背剪着手
在道牙上走。

不是动作不自然，是我们有
爱找麻烦的乐观。

希望早已羞于见人，
所以，要用语词的迷宫围住它。

就像一只濒危的野生动物，
等待麻醉枪的召唤。

这些没有说出的话语知道，
我们究竟是一群什么样的人。

原载《江南诗》2014年第3期

白头翁叫了一个傍晚

邹汉明

四月四日天气晴
万物清丽，歇息在安静的倒影
白头翁沁人脾胃的叫声：
嘎叽——嘎吉啊——
东边叫，西边应
声音里的叫唤和交欢，真闹猛

我原以为我家白头翁早上叫
冷不丁傍晚还叫
同样的声音，等长的音尺和音顿
嘎叽——嘎吉啊——
东边叫，西边应
声音里的叫唤和交欢，多好听

早上我在卧室听
晚上我到书房听
现在允许我吃一小碗米酒后懒懒听
嘎叽——嘎吉啊——
东边叫，西边应
声音里的叫唤和交欢，有余音

惊　蛰

席永君

白雪覆盖的冬天
欠下太多沉默的债务
一个铁匠自告奋勇
前来替她偿还
云端如莲台，他盘腿
坐在一朵云上
屏息，闭目内视
唤醒体内沉睡的炉火
然后起身，甩开膀子
打铁，打铁，打铁
铁砧上没有夺目的
扇形火花，只有沉默
被打破，债务被不断偿还
而在峨眉黑包山
在一声棒喝中
五时茶人为空中的铁匠
准备了一杯惊蛰茶

原载《清凉之夏——第二届鹭岛国际诗歌朗诵雅集》（2014年7月）

故乡之敌

程　维

你不能与故乡为敌
那么多离开家园的人，未必是被故乡流放
他们只是不忍做故乡的囚徒，故乡给了他家园和饭碗，

他还想再大，或更大一些，这不是什么要命的事

但你不能与故乡为敌，背叛故乡的黄花与泥土
像一个彻头彻尾的外乡人，鄙夷故乡的方言和草木
不能，即使你生活在别处也不能！

故乡是血脉的谱系，以及一个人永远的根据地
我们一生所做的，只是学会如何爱它
而在这之前，有可能是恨，是逃离，是离它越走越远
但你永远不能与故乡为敌，
只有这样，在年长以后，你才可能成为一个归来者
——从精神到肉体上，双重还乡

原载《中国诗歌》2014年第1期

旁观者

韩国强

我需要回想一下童年，
我们的自在性情，大多来自童年。
某种程度上说，童年和晚年是一回事，
现在追溯我的童年，也就可以理解我的晚年。

我有着低沉的童年，像门后的刀，光芒越想越黯淡，
所以我的晚年必是黯淡的。
这也可以理解，为什么同样进入晚年的李老头可以兴致勃勃，
天天逼着我倾听他的创业计划。
如果我理解得不错，他应该拥有一个兴致勃勃的童年。

我在签名时写下：对不起，请继续。

有人问请什么继续，我一时竟不知如何回答。
如果你打扰了这个世界，都要说一声对不起请继续，
对吧？

这是一个旁观者的应有的礼貌。

伤　口

叶匡政

你不能示弱
只有站到街头
对寒冷的晨风歌唱
虽然没有嘴巴

虽然没有嘴巴
你知道恨是如何来的
仇恨没有父亲
却有这片古老的土地

你不能示弱
只有站到街头
从囚犯那儿学习痛哭和大笑
读出埋葬自己的诗句

虽然没有嘴巴
却有一道深深的伤口
只要你写下文字
这伤口就一直裂着

原载作者微博2014年10月10日

上午的声音

苏历铭

先是听到稚童的尖叫
滑板在水泥路面上硌出来的怪响
老者一声高一声低的呵护
麻雀们就飞散了
围墙外的汽车仓皇远去
我能轻易分辨出卡车和轿车的差别
偶尔有人按响喇叭
是觅食的野狗又在穿越马路
它们总是急不可耐
以为天天能抢到骨头
阳光漫过地毯的时候
听见高跟鞋的脆响
她在电话里的声调逐渐升高
索性高声咒骂
号哭后杂乱地走远
整个上午，只听见一声巨响
昏昏欲睡时
我把一本厚重的历史小说
碰落地上

雪　雁

吴投文

一场大雪降下我的孤独
那种缓慢下降的孤独
一片片打湿我的肺

和骨头

所有的沟壑和陷阱
都被填满
所有的孤独
都忍不住颤抖

那些雪地上的坟丘
像倒扣的黄金天堂
此刻，我经过它们
为曾经忽略它们而羞愧

我的目的地
始终没有到来
我迷恋的那些事物
像爱人一样消失

原载《诗潮》2014年第10期

猛虎出笼

阿　毛

我的身体里冲出一只猛虎
在旷野上奔跑

你航拍
或花着眼睛在电视前看

那时你度过了虎狼之年

荷尔蒙衰退了

写给你的情书
投入了废弃的信箱里

……而今夜
你的猛虎回来了

流着泪
检阅昔日的山头

而有人举枪
猛虎倒下

更多的猛虎
替你奔跑、爱恋、生育、衰老

原载阿毛诗集《个人史》

论灰烬作为唯一的礼物

（游岳麓山，赠长沙王砚、刘洵。）

蒋立波

假道一种幻觉，我轻易地跨越了山脊
仿佛一滴松脂一瞬间治愈了
风景的痼疾。修辞的松针
在天空的蔚蓝里接受云朵的招安
只有死者跟死者的交谈，超越了时间的
碑石，并且一再获得山风的宽恕

一条蜥蜴从墓碑下爬出
像过时的闪电，照亮橘子内部的主义
一册苔藓覆盖的语录里，小径转弯
戴礼帽的“纯洁性”已恭候多时
那一刻，我差点叫出它的
名叫“正当性”的孪生兄弟

从来没有哪一座山，有如此多的墓冢
我像是在幽灵的队列里穿行，仿佛
志士仁人已习惯于被打扰，铁锈味的鸟鸣
仍在固执地为鬼魂代笔。唯一
被免于拆迁的是饥饿的地狱
它只能由定律、罪和黑暗的心喂养
灰烬懂得沉默，尚未完工的锁链
只为革命而定制。飞蛾槭扮演的刺客
在一种虚无的语法里，继续为那场
失败的行刺辩护。而找不到的
寺庙深处逸出的木鱼
一声声，超度鹤眼里溺死的塔影

原载作者博客

加拉加斯艺人

蔡天新

黄昏的阿布拉山谷
微风吹皱了广场中央的水池
几个穿花格衬衫的年轻人
清一色的小丑装扮

声称来自加拉加斯
他们弹奏着破旧的吉他
将一只只旋转的轮子
高高地抛向空中
再用丝线稳稳地接住
然后轮流把彩色的球
掷向同伴或观众
我在巴黎的塞纳河畔
伦敦的莱斯特广场
都曾经见识过
若论技巧，他们当然
无法与东方艺人相比
可他们幽默的表演
夸张而不失风度
掩盖了拙劣的技艺
招来了一阵阵掌声
甚至故意犯下几个错误
让围观者哄然大笑
突然间我在人群中
感觉到前所未有的孤单
我从未尝试过表演
不知怎样取悦公众
怎样面对陌生的面孔
实在是人生的一桩憾事

原载《文汇报》2014年8月

在敦煌玉门关遗址

彭惊宇

一座闻名关隘，荒废成
一册苍凉、厚重之书
兀然搁立在陇西茫茫戈壁上

小方盘城，两千年幽怨羌笛
隐隐吹奏，如丝如缕弥散天际
晴光下，谁为你斑驳一色苍黄

丝路漫漫，驼队迤逦而去
玉出昆仑，汗血马飘曳鬃幅而来
将士空老边关，等白了一头祁连雪

玉门关，玉门关，多像大漠走日兰
沿着长城线，变幻着面孔走过汉唐
此关已非唐关，此关犹似唐关

谁说春风不度，我竟欣然窥见
小方盘城内，一大丛骆驼刺无比葱绿
那片紫红碎花，仿若玉门都尉之美妾

谁说春风不度，玉门关外更多天涯绿
看，是我怀抱着一轮天山明月来了
披览边塞人生，胸中该有多少笑傲春风

原载《诗刊》（上半月）2014年8月

斑马的衣服

第广龙

车来车往，斑马过马路时
车子都让他，斑马的斑马线
是自带的。斑马不光图自己安全
为了帮助其他人，他脱下衣服盖在路上
大伙都过去了，再把衣服穿上
斑马的身上，留下了
那么多的脏脚印，下一场雨
也不能全部洗掉

原载《延河》（上半月）2014年第10期

姥　姥

段　钢

姥姥跑过来，对我说
给我烧点纸吧
我刚想说什么
她已经跑远，看不见了

这是一个梦
一个清晰明确的梦
我第一次梦见
1999年去世的姥姥

我告诉了母亲

她说，十月一，送寒衣
是该烧些纸了

母亲用一整张宣纸
缝了一个纸口袋
把父亲从城乡接合部买的
纸钱和冥币
拆散，装了进去
我用毛笔在纸口袋外面写上
外祖父和外祖母的名字
这时我才知道
1979年去世的外祖父
名叫李馥宗

提着口袋
我出了家门
跨过一条小河
在一个路口停下
找到一块干净地方
点燃

火焰一下子升腾起来
灼热了我的脸
我喊了一声
姥姥！
来拿钱吧！
在那边穿得暖和点！

此刻，我觉得姥姥就在身边
我期盼着，透过火焰看到
哪怕是一个模糊的形象

但是，没有
眼前只有纸钱在灰化

火焰慢慢落了下来
没有想到
一口袋纸钱
这么快烧完

原载《特区文学》2014年第3期

春暖花开

图　雅

你躺着的地方
没有海

能让一万只鸟儿亮瞎眼的油菜
给你
一片黄色的海

原载《新世纪诗典》第四季

车过木兰湖

沪上敦腾

九月的沉寂都装在碧波浩荡的湖光山色中
不漏掉一根针，一尾鱼

一只啼鸣的画眉所歌咏的全部事物

我也是被讴歌的一部分
在我的视野和经验之外，暗藏另一套山河
另一个朝代的诗人，也被清风吹拂的树影拍打，抚摸

生者和死者在此相聚，将智慧的预案提交旷野
每一座山峦都似曾相识，含情脉脉
这分明是时间遭遇了空间，瞬间呈现了永恒

在苦难与壮美的宽阔地带，莺飞草长
生死契合，神秘轮回。一件旧容器，几个新人物
天才至中晚年走向博学

原载作者博客

长笛

草　树

嘴唇嚅动。每一个打开的孔
发出不同的音符
构成心中的一首诗。
六只手指紧紧按住，它同样
参与到那不同的旋律之一节
就像沉默，或怒吼。

没有听众好比那笛音
并不存在或像一阵咕哝。
曼德尔施塔姆说："唯有长笛熔成的金属

才能连接起时光之链。”
他再不需要冒着沃罗涅日的大雪
去印刷厂为长笛寻找耳朵。

这或许是一个更为耳聋的时代。
但没有长笛的牢笼。
总有人分享一个音符，就像我今天
倾听着他的咕哝，努力听着
甚至试图听出集中营
那最后一阵急促的脚步声。

甚至好奇他的笛膜
来自哪里？昨夜走完三条大街
没找到一家供应的店铺。
当初站在乡村某一个堂屋，等待着
篾匠剖开新竹。那新鲜的膜
是怎样在长笛上颤动？

原载《诗刊》（上半月）2014年第4期

上　升

野　鬼

你，高大、邪恶、典雅、忧郁
犹如雪豹，犹如新月
我的女巫，我的蒙娜丽莎
在你郁怒而神秘的目光下
我愿挨上优美的一刀
我愿化作灰烬一堆
独自枕着青山绿水

倾听你无字的忏悔
M，我会站在地狱或天堂
看你如何收敛红唇的锋芒

不，在时间的风暴中心
我，一个自由诗人
于坠落的瞬间，倘若拒绝
上升，必将死无葬身之地

原载印度《加尔各答之声》2014年6月号

两只鸟

叶　开

用一整晚孵化身里的大鸟
黎明时分思想开始有了思想
它有鸟嘴巴鸟翅膀鸟表情
在虚无中凌空而舞慢慢成形
薄雾召唤在我体内膨胀
试图啄腹而出的这只鸟

我有两只鸟在世界上交谈
一只在窗外一只在皮肤里
一只是女的一只是男的
一只胖一只瘦并覆盖羽毛
让柔软像丝绸一样覆盖在
每一寸皮肤每一个角落

我的爱人在思南公馆走着

头顶上梧桐树也长出了羽毛
用微信秘密传送图片和声音
像树枝上两只安静鸟儿在交谈
并在遥远的距离穿越无形屏障
在屏幕中化于无形并恢复有形

是两只长着人面的飞鸟
在人间用人的表情直立行走
黎明微光中恢复前世记忆
无序世界被沉默对话打碎
一些形状在混沌中有了形状
在失眠中一架飞机破土而出

原载《科技日报·嫦娥副刊》2014年5月24日

抱着马路边的小树哭泣的人

王夫刚

抱着马路边的小树哭泣的人是个男子。
马路对面观望的也是个男子。
女主角已经走远，背景的表情
已经由愤怒变得模糊。
公交汽车越来越少，打着空车灯的出租车
一如过江之鲫穿行于灯红酒绿。
抱着马路边的小树哭泣的人是个男子。
他没有喝醉，也不肯
喊住那个渐行渐远的名字——
他的包里装着一封不再需要写完的
信（也许是一颗滴血的心）

他一边哭泣一边打电话
让快递公司到有一棵小树的地方
来取邮件。抱着马路边的小树哭泣的人是个男子。
曾经付出、已经失去的爱值得一哭。
他拒绝爬到小树上面去
（虽然失去了爱，但还不打算自杀）
抱着马路边的小树哭泣的人
是个男子，无人值守的信号灯下
小树因为细弱而有点
无所适从：它还没有长到谈情说爱的
年龄，也不懂得安慰。
抱着马路边的小树哭泣的人是个男子。
马路对面观望的也是个男子。
他久久盘桓只为一个疑问
哭泣的人，哦，你为什么抱着一棵小树？

原载《十月》2014年第5期

老 屋

剑 男

一阵风吹过，我不知道会有什么在它心中摇晃
是一把主人坐过的藤椅，一只樟木做的
圆谷桶，还是那些锈迹斑斑的农具？如果
我回来，是什么完成我们对过去生活的指认？
父亲说：我走后，你就把我葬在左边的平冈
让我看见每年节日的灯火，风俗和绸衣
父亲想看见的也许是一个贫穷人家香火的延续
但如果父亲能从今夜的坟茔中起身，他

会不会对我如今的生活怀着深深的疑虑？
他走的那一年，天大旱，草木尽枯
他在这个世界上比祖父多活一年
比祖母也只多活了五年零八个月
多年来，他除了偶尔来到我所在的城里
都一直守在老屋，对于一个孤单的老人
他是怎样安度那些寂寞的时光？又是
怎样把香火点在祖母的灵前和照壁上的神位？
如今我回来，一把旧锁锁住它的心脏
就像一个人在时光中呈现出衰老的容颜，但
当我推开门，我看见空置多年的房间里
一切就像刚刚被人擦拭了一遍，到处
都干干净净、亮亮堂堂
当我找到一把椅子坐下来，我感到
旁边的另一把椅子也轻轻地动了一下
并发出一声我熟悉的、沉重的叹息

原载《诗刊》2014年第4期

行吟诗人

洪　烛

最远的诗人离我最近
此刻，我在燕国眺望楚国
我在什刹海想象云梦泽
那个坐在酒吧门口弹琴的流浪歌手
会是他吗？是否在等一位来不了的知音？

最古老的诗人在我眼中最年轻
哪怕他的胡子好久未刮了
蓬乱的头发制造出古怪的发型
甚至衣领也没洗干净……
即使这样我还是不大敢看他的眼睛
那里面的忧伤是多么熟悉
唉，他有着我弄丢了的东西

最真实的诗人才能给人带来幻觉
哦，也许还包括幻听：他明明弹唱着
今年最流行的《春天里》，却被我当成了
快要失传的《离骚》。春天里满街飘着柳絮
哪来那么多的牢骚呢？莫非他的抑郁
也是从另一个人那里遗传的？

最多情的诗人才会最孤独
最孤独的诗人才能看得清命运的无情：
今天晚上他能去哪里？
只能在别人的屋檐下，唱歌给自己听
他明天还得跟太阳一起无奈地活着
哪怕灯火阑珊的什刹海，已不知
淹死过他多少个影子

原载《长治日报》2014年6月1日

朱雀行

蓝　野

在这里，我们找到了给未来写信的邮局
在贴满了高铁票、登机牌的小店墙壁上
小心翼翼地将两张汽车票藏下

它们与我们分别了！它们与我们分别了
如葬在万水千山之间的两片叶子
顺应着命运的安排……

我们各自写了信，像两个怀着远大理想的孩子
写下了梦幻与期许
多年以后，此刻的情景，——你在埋头长久地书写
我写过了，便站在漏雨的店堂里
和守店的绒线帽子女孩谈论光阴——
这些，会乘着一张张纸片，穿过时空的阻隔
找到我们，如日暮的小鸟找到归宿

江岸和小巷子里的灯红酒绿
给山城的夜晚披上一件彩衣
这喧闹的酒吧之城，这狂欢的偶遇之城
总会有孤单的人，如山顶那盏孤单的灯
自个儿行走，自个儿长久地发呆……
廊桥喧哗的市场上，我们找不到旧日的卖书人
一条温暖的围巾搭在胸前
落雨的夜间，也有了彩虹围绕着我。
每个小店，临门的小厅里都有一位怕冷的南方人
用手臂，用身体，轻轻围抱着电火炉
如抱着初识的情人，不敢用力，又舍不得放下

一座大院子的门廊外，我们
成了不能登堂入室的人
没有什么，所谓文化不过是院子里的几块青砖
估计，导游词是这样的：
那个男人坐过这里
离别之时，那个女人冲动地拥吻了这棵榕树……
有人在雨中跑了好远

想买一张门票，而卖票人已收拾了摊子
这就够了，如这街巷里的石板路，几百年卧在这里
被游客和乡民踩踏得光滑明亮
面对奔跑着的买票人，我得到的足够多

这条河的落差，这条河的哗哗流水
这噼里啪啦的冬日小雨
正适合我踏实、安静的睡眠。
如那个喜欢在旅店和小舟中写信的归乡人
在温热的小旅馆，我找到了
——人到中年最安恬的一夜

两个为逃票而绕道的人，蹦蹦跳跳
在短暂的寻找中，命名了他们的旅途
——舟楫之旅，姜糖之旅，冰雪之旅，岁晏之旅……
就似这用比喻堆砌出来的朱雀城，
静止和流动，都有着太多的名字

原载《南飞燕》2014年4月号

小　便

赵思运

小学的时候
每天早晨提着一个玻璃瓶
来到学校
瓶子里盛满热乎乎的尿
倒进一个一个的大木桶
每个木桶上贴着标签

第一生产队
第二生产队
第三生产队
第四生产队
第五生产队
第六生产队
第七生产队
第八生产队
第九生产队
同学们抬到麦田里
滋润冬天干枯的阴道
有一天
我到校比较早
等我玩耍归来
放在窗台上等待纳入集体主义洪流的那个尿瓶
早已不见踪影
那个上午我被罚站
三节课

原载赵思运诗集《不耻：Pornographic Poems》

落叶滚满山坡……

庞余亮

枝头光滑，时光无辜
来不及被风吹的落叶们
像沉默的果子
滚满了山坡的草丛
——仅仅是暂借啊

在这暂借的人间里
沉默是最好的赊账

原载《扬子江诗刊》2014年第2期

卡佛录

罗　至

坐在大树的树杈上，他看着哗哗飘动的叶子
不知道自己属于哪一片。不管怎样
他要在水壶枯竭之前，向所有的叶子洒水
那些水珠在叶子上滑动，晨露一般
每一粒都使他产生幻觉。他干脆打一个盹
他梦见美利坚就是这棵大树，他就是伐木工人
利斧在手上闪烁，他一下一下
劈下去。木屑飞扬，众鸟喧哗
在大树轰然倒下的一瞬，他惊醒了
满树的叶子依然哗哗飘动，他发现
自己肯定是曲卷的那一片，正在变得枯萎
他这么一想，就彻底倒在树杈上。那年他刚50岁

原载《星星》2014年第1期

在泗水子在川上曰处

龚学敏

子无语。生病的阳光卧在石碑的汉榻上，春秋已是不在。
我在。

盗版的历史在《论语》的船上打家劫舍，乌鸦众口一词，
是我的亲戚。唱破的词牌，把城门上的旗帜换了又换，
戏文改作了洋腔的树荫。夫子，用山东梆子洗过衣衫的水，
成了我手中的流氓。只是那只蝴蝶不舍。

子无语。昨夜的雨滴是夫子竹简做成的梦魇，于我透心凉的
读书处，正在穿石。我把散碎的月光揽在声音的粗布里，
把水扶正，向上，教它说一些从树根中长出的话。

在泗水。女人的舞蹈被镀金的水淫浸着，乌鸦一动不动。
黄土的绳子是吊过我命的馍，入水便化，
粮食在白话的诗里惊恐万状。
我在成语们发霉的岸上收拾一些时间的衰草。夫子。
那些落在你曰过的水中的亲人，成了轮船上的铁，黑着脸，
一茬茬地长着。
我的手势在纸叠的桥上，像是泉水们衣带不整的影子，
不争气，用读过的闲书，
偷袭你藏在杏林中的话语。

子无语。收割机在线条画的麦田里喘气。
麦秆们轻微的家园被夕阳碾碎在黑夜来路不明的露水中。
风干的麦子已经不是麦子了。风是。
风把我种植了多年的女人吹走了。夫子。

原载作者新浪博客

晚秋的病容

潘红莉

万物开始动摇时　选择就病了
万物推崇哀悼　是因为无计可施
这个世界的变迁统治　带来时机也带来叹息
树的影子　它们的姿态消瘦谦卑
像昨天的眼神　重新等待光和火焰
最终发现这个晚秋的能量

原载作者新浪博客

无中生有

从　容

玉石罐里的姥姥气定神闲
抱着罐子里的姥姥，小舅有点头晕目眩

一年以前，按着姥姥的指示，我当面
清空她所有衣柜
把意大利丝巾还给小姨
白玉的弥勒佛送给她的曾孙女
指甲盖大的腕表给了舅妈
保姆也拎走了两大箱衣物

一年以后，我穿着她年轻时在上海做的织锦旗袍
目送一贫如洗的姥姥被推进熔炉
一小时后，一米五四，30公斤姥姥的肉身

被工作人员用一个塑料袋子拎着，走出来
他对小舅和我说：“女人不能碰骨灰，而且不能注视。”

姥姥走的第二天，她穿着绿衣绿鞋
平静地来到我的梦里：“你去我的骨灰里，
那里有两颗碧玺一样的舍利。”

原载作者新浪博客

放　下

邱红根

在荆门，万亩蓝莓产业园
像农民一样摘蓝莓，吃蓝莓
我放下了斯文

在乡下的幸福酒馆
像梁山好汉一样大碗喝酒
我放下了知识分子身份

在青林寨关公园风景区
我放下了虚伪的面孔和尔虞我诈
放下了昨日与同事的争吵

可这么多的放下还不够啊
多想永远地像今天放浪形骸
任青林寨的小雨微风清空自己

多想像眼前的这株小草

渺小、卑微、无关紧要
多想就此紧贴大地终老山林

原载《大别山诗刊》2014年第3期

话　题

宋晓贤

家里的老人
都在谈论死亡
母亲说：不知道
几时死，活着又动不了
还不如死
父亲说：即使死了
也不叫老二回来
因为他信外国的神
不要自己的祖宗
全官伯一见就述说
你不知道，我有多难受
我的心脏一跳动
就会气喘吁吁
我以后的日子
会很难过
会很难过

89岁的老舅妈
在这些人中
年寿最高
她倒是没有

说到自己的死
那些年纪轻轻的人
就像以前谈工作、谈孩子一样
他们只是在拿死亡
自嘲，矫情

原载微信公众号“诗歌是一束光”

小事件

柳宗宣

他的光临带来了穿制服的警察
窗台遗留的鞋印被拍摄到
现场取样的镜头（例行公事）

我们没有纠缠此事的意思
可以说，对闯入室内的盗贼
没有敌意——他悄悄地来去

没有侵入梦境，害你失眠
对生活添怨诉，没有过分捣乱
退出钱包内——你的身份证

甚至歉疚于他进入书房的失望
四面的书架；薄薄钱包几张零钞
一个读书人，书那么多票子这么少

那旧手机看不上，在此停留
几秒钟，拎走书柜中的背包

破损背包没相中，撤离时扔弃

在阳台，银行卡身份证散落
又从天然气管道攀缘而下
——我的窗户向空气敞开

阳台朝向南方。表面的防盗网
妨碍了视线；又有什么要防范
哦，你拥有太多太多的多余

从街头民工想象他的模样
如果闯进你的卧房将如何应对
他在意那越来越贬值的纸钞

如同单位的捐赠——权当周济
你小人物的梦，没有被打扰
他体贴你——没让你丧失身份

唉，相比于吸血鬼盗贼算可爱
他给你困难的生活造成困顿么
黑夜里来去，冒着你不知的风险

原载《中西诗歌》2014年第1期

奢华的春天

胡茗茗

一

在我最好的时候
我是说身体
没有给了最好的人
现在，遇到了
只是将头深深低垂
去看，去看
窗外梨花正如雪飘飞

二

我将随时被一声命令所拦截
随时放下行囊，等待盘诘
吞下长在唇边的果实
吐出光焰、烈火和毒

烟花，拼尽全力绽放夜空
之后，天边多么冷寂，上帝
我要的我要的不过一碗白米稀饭
你让我端到它又被突然打翻

烟花，我的宝贝，我的苦命女人
想到你一回我就熄灭一回

三

谁的名字只在夜晚轻轻喊出
无边花瓣落下，偏旁，发音
我闻到裙上有种气息

这些年来，从未响亮地叫过你
而皮肤，内脏早已长成优美的高低音
你看着我弯曲成豆芽，摇摆地长啊
不安地长啊，坚硬的石头也会碎裂
太阳底下——咔嚓一声

四

可尚未出发就已经回不去了

我们怀抱初衷，坐在一堆麦粒中央
那顺着指缝流下的不是热泪
是了无起色的张望
平常不过的艳遇
艳到悲伤

五

我眼见着淡忘从树上的叶子
如何变成地底的煤
而我们变得比以往更从容
从容得像水面的鸭子

透过窗帘的缝隙，你的夜晚
正明珠高悬，而我

推门而望，旷野无边
那穿越层云的高塔如何在一夜间坍塌
除了你，我多希望这些都不是真的

六

把什么都说破了，上帝就走了
把什么都做到了，春天就来了

我来到最后一道裂谷之前
骄傲地拆除所有的桥
骄傲地展开收紧半生的翅膀
飞过去，什么都不像
就像我自己

原载《天津诗人》2014年春之卷

河水如刀

唐成茂

河水如刀　切出河岸的意念和脉络
河岸掌握着流水的异动　能够切开流水的　前世今生

河水如刀　是一把锋利的软刀子
你行进在人生的刀面上
语言的飞流可以切除你的一生　抹掉你的一切　把你从洪峰之上
打回原形

河水如刀　不会切去　穿马褂披黄袍的二十四史

不会切去　惊扰里尔克的玫瑰之梦
不会切去　掩映东坡光芒的丹桂之花

河流如刀　锋利而粗放
在人生的高地　一浪打过一浪　让你留下骨头血性块状的影子
河流的血液　只有荆轲可以畅饮
血色黄昏　打湿　一个朝代的一身

我抓住河水　抓住泪光　和泪光中闪闪发亮的刀子
如前朝游侠　黑衣　披风　飞檐走壁
落日中　我踩着巨浪磨刀　披着边塞诗和柳永词磨刀
磨光月亮　在磨刀声中　与柔白的流水和悠长的命运
一同　浅唱

刀　子

路　亚

一想到生活，刀子就出现了
风是刀，雨是刀，时间是刀，你的眼神是刀
纷飞的刀子，让日子倾斜得越来越快

有时，我给刀子读诗，使它们柔软
有时，刀光一闪，我来不及收藏
有时，刀子突然出鞘，这凶险的时刻
是流水喧哗的时刻，是一击就碎的蛋壳
这时，词语就是我的刀，我狠狠地掷出它们
但时间这把刀，一定在深夜被偷偷磨过
每早我睁开眼，就被亮瞎，被击伤

……说到底，我并不关心别人的刀子
只一心收藏着自己的刀，流泪的刀
活着，就是一把把刀子藏起来的过程

原载作者新浪博客“寡言之欢”

5℃—35℃

邓醒群

事物的生长，需要一个适合的环境
这个环境，不是它适合你，而是你必须适合
生长需要的温度。温度，很关键
能成，亦能败，切入点在于找到平衡
高不成，低也不可，原来生存更要讲究技巧
小小的苹果，不是它掌握了气候
是它适应了温度，把地砸出一个坑
也就理所当然。5℃—35℃以下或以上
都是事物生存必需的条件
冰，在燃烧，化为水
万物之魂，孕育着事物，相克相生
明灭之间，世界复杂而简单
充满幻想，美妙。神奇，匪夷所思的温度
派生出无穷的事件，或生，或灭

原载《诗歌月刊》2014年第10期

刮风的北方

黑　丰

1

一开始就是高潮
一开始就刮到极地
刮到了地心

那时我还没有学会在北方换毛

可是风一开始
就穿透我词语的薄墙
穿透我衣衫单薄的南方
穿透在我诗丛里冬眠的茅匠
……

2

……风在笔尖上停住
世界的傍晚临盆
此刻，我看见了婴儿般的父亲

你不懂所有事实

朱必圣

你站在离事实很远的地方，
那里的硝烟，你看不见，

那里的呼声，你听不见。
你看不见玉米花，
你听不见织布声。
你面对事实却不懂事实，
把米煮熟了，
仍无法满足挨饿的人们。

你站的地方很宁静，
风吹在脸上，以为是布在飘，
雨打在身上，以为是很多人在拥挤。
很多人踏进城门，
肩上和身上的金属响声一片，
你以为有人就在身边收信、读信。
你不懂所有事实，
能形容出玉米花的美味？

山　涧

亚　楠

一滴水在枝头回首往事，岩石上
久远的声音愈加清亮。
疼痛撕裂了残梦，那时候
天色渐浓，清幽的风掠过记忆。

而落叶加快了步伐，
就像我们踏着暮色回家，只是现在
我已经开始走进遗忘。

等待一天天衰老，这缓慢的

倒影变得多么妩媚。
我知道，春天已经离我们很远了，
落叶再也无法回到枝头。

原载《朔方》2014年第6期

虚拟银行

胡　浩

无非是，一张显示屏
代替了银行大厅
红线换成了键盘
鼠标充当了大堂经理
无非是，你再也无需被传唤
报姓名，对身份
看那张居高临下的脸
在这里，你可以自我实现
做一回自己的银行职员
让自己白领一次
也可以把自己打成一张对账单
比对一下收支
轧差一下生活
你甚至可以做一次自动取款机
体验一下卡被吞掉的尴尬
你还可以把自己存进
取出，汇走
借贷自己，抵押自己
让自己在高的基金位
高的股价位玩几次蹦极

当然，之前如果需要
你还可以买张保险单
……一切都是数字的
都是虚拟的
在虚拟中，我们离传统、现实
越来越远
世界在虚拟中加深着虚拟
我们却要在虚拟中
讨要真实的生活

从嘉返郴途中所作，兼怀羁旅五载

解

本命年刚刚过去
一拐弯我很快满四十九
盛年开始模糊。我去时不满四十四
从郴去嘉与从嘉返郴，重复着
就像两趟对开的列车
有起点，有终点，有司机，有乘客
可惜中途没有停靠的站点
鱼儿不知疲倦，两头游来游去
高空的旅鸟，该带走的带走
该留下的留下。三十以前尚未立
五十以后知天命
盛年的四分之一，在往返之间消逝
五年说长不长，我还有许多事情没有完成
许多诗篇没有写就，许多
美食没有尝够，还想
邀三五好友再喝一次早酒

五年说短不短，饮盘江水
爬九老峰，游南岭林场
品珠泉边的米豆腐和南瓜粥
我已接上地气
没有什么好遗憾：在我的势力范围
没有胆怯。在我的时间
没有后悔。在我的舞台
曾经舞蹈……做到这些就足够！
容我总结如下：
锈蚀的铁轨，无数次与我交叉
途中衰草被寒风刈倒
近山有人伐木，树干嘎嘎裂开
就像跳跃的动词蹦入耳窦

原载《湖南诗人》总第18期

诗歌与生活

回　地

生活就是被生活
活生生地反驳。
有人一夜间白头，
望见雪山凛冽——那时间的王冠。
他有幸来到
黑白交界的沸点。

诗歌的马车被巨兽篡位。
偏离轨迹或圆弧。

切线飞速掠过角膜。
晶状体如新月枯干了自身。
生活的尊严将还原到
另一种未知的诗歌。

原载微信公众号“中国诗歌学会”2014年10月

如此醒着
——致失眠夜

阿　B

如果睡觉是醒着，我便醒着
沦为妖精，就要对夜晚负责或赤裸无常
我，抱着两肩的感觉是来自窗外的猫叫之声
颠倒下用鲜艳的指尖挑起白日梦
虽然我的笑容是虚的

不困的夜到处是站立的垃圾
只想尽快地躲进某个梦里变成干净的人
如今妖精也累了，何况不是真妖精
混沌一些，及一切的思考于翻身下
醒来或许只是醒来

手，搭在胸上，用温度驱赶无奈
那些紧张得发烫的夜，我只有下床、上床
这个不适合夜晚的动作让我的肠胃舒张无度
我害怕！在没有食物的夜里冷得想嗜血
饥饿，太像招揽困意的幌子

如此醒着，听一切与内心的迫切无关
计划着另谋一处漆黑之地，或无边深渊
把自己关进去一整天或一个月
对于一只疲倦的妖精来说，起床又怎样
不如深情地醒着……

原载作者博客2014年3月

老城区的小教堂

李杰波

傍晚我站在国贸大酒店的窗口
清楚地看见小教堂的尖顶
与老城区的暮色渐渐融为一体
这片即将开发的地段，神的居所
和他子民寒碜的棚屋
镶嵌在不夜城的天空下
像补丁，更像一张黑洞洞的大嘴
在默诵圣经——
若有人打你的左脸
你就把右脸也给他
若有人凌辱你的妻女
你就把你的床也腾给他
若有人拿走你救命的药品
你就让瘫痪的父母也死生由命
若有人掀翻你的摊担
你就把推车与秤砣也给他
若有人拆掉你的房屋
你就把庇荫门庭的大树也给他砍伐

原载作者微信

盲琴师

江湖海

我常跑上三里地
到盲人的屋前
听从他大声的吩咐
再爬二里坡
采回凝固的松香
那时我还小
不会用树的乳汁比喻松香
松香烫到二胡嘴上
乐音山泉般哗哗流淌
邻家吃奶的孩子
睁大眼睛停止吸吮
我也整个儿傻掉
盲琴师死去已经多年
琴声刻录在山石上
我每次回老家都会听见

原载《南方日报》2014年5月29日

鲁甸之痛

陈惠芳

一个陌生的名字
以地动山摇的方式
进入我模糊的视野

雷同的灾难，雷同的悲痛
雷同的死亡，雷同的救援
巨大的泪珠，掉在堰塞湖里
悄无声息
鲜活的生命被瓦解，被断裂
被掩埋，成为土地的一部分

我不知道，这些文字
是否有一点点火苗，照亮黑暗的时分
我不知道，这些文字
是否能铺成小小的道路
穿越凌乱的日子
亿万颗心被揪紧，滴血不止
亿万双脚步不可能云集
那些倒塌的家园，那些宁静的以往
我只能像一个句号
安顿在这里，为远方祈福

我的人民，我的西北
为何总是陷入苦难的深渊
那些坚硬的高原，为何弱不禁风
松动的板块，犹如老人的牙床

汶川。玉树。雅安。鲁甸。
这些伤疤，罗列在西北
罗列在中国的背脊之上
触目惊心
长江呜咽着东去
一头扎进大海，不肯露面

当鲁甸之痛慢慢地消隐
扶起来的家园，在夕阳下若隐若现

幸存的亲人，将迷离的目光抛过大山
整整齐齐的大海，披头散发
蓝得好苦

原载作者新浪博客2014年8月5日

瞄准中心

张无为

天从天堂漫漶，湮没，众生的中枢
在哪里？期待者世袭的梦尚未破解
圣人的坟头那么多，盐碱
雨滴像珍珠一次次破碎
锈迹渲染成古玩，纯真暗淡支撑

背景意外火起来，把委琐的名字写在
耀眼处，把苦难漂白打磨成温柔之乡
然后销声匿迹，即使遗落一棵草
刚刚学会颤动，从陷阱惊醒的人
也会欣喜若狂，而岁月在日晷上走走停停

围绕，在心与坎的缝隙
生命藏匿了太多私密，欲望的旋涡
沉浮千年的骷髅在神龛复活
被顶礼，闹剧以悲壮形式
从边缘修补无法复原的断层

霉色天空，树低头从每个角落祈祷
风过后，巨大的十字仰卧出街道
大脑与心脏守护在不同路口

在弯曲处依然无法合拢
过去与未来反复重建、重建再坍塌

为挣脱薄薄的黄土
多少人背负厚重的云团
最后返回出生地，像奔赴天堂
在天使迎候处，看不清门神的表情
城市外围的路像绷带，地平线游弋不定

必须走出自我，走出中心
在飓风围拢过来之前，宁静等待天河
这枚银色戒指的主人显露真容
纵然太阳是戒指上微不足道的瑕疵
我们就在瑕疵中擦拭阴影，穿越苍穹

原载诗歌微信公众号“中西现当代诗学”

深 紫

郭长虹

于是，你已睡去
像水凝结了，像风止息
广袤的夜啊，请照顾好困倦的大地
照顾好顽皮的星星
照顾好山，山上的每一片叶子
和叶子上，如泪的露滴
我也要睡了
闪烁的光
你也熄了吧，慢慢地熄
夜不需要，不需要那么明亮的手语

押韵的诗歌，有节奏的心跳
你们，继续舞蹈吧，在没有篝火的夜里
我要轻轻地，轻轻地
把那些支离破碎的，柔软的星星们
放牧在我深紫色的家园
那里有好看的透明风筝
挂满深紫色的花枝
我要走到最深的山谷
走到紫色的尽头
看星星一闪一闪地
在慈爱的月光下　吃草

一个被赝品装饰的夜晚

南　鸥

这个夜晚，就像被吗啡虚幻
我们在酒精中浪荡奢侈，才华横溢
天空就像缀满翡翠，价值连城
天使守在星宫，月亮也不敢贸然出行
她害怕自己的容颜，无力承载
如此昂贵的主题

这个夜晚，星星闪烁其词
谁首先交出了自己，谁将被午夜洞穿
这个夜晚，我们说出的词语
都被反复漂洗。体温融入了寒夜
渐渐清晰的午夜是在上升
还是湮灭

这个夜晚，我们好像在典当
自己昂贵的一生。我们精心打扮自己
又竭力透出随意。既渴望在岩石上
刻下永恒，又想在沙滩上轻描淡写
这个夜晚天地交合，我们不知
能否折回故乡

原载《诗刊》（下半月）2014年第6期

他每天都是这样醒来

金　迪

他醒来，他每天都是这个时候醒来。
有些古人在他身上落座，
有些现实牵着他奔跑。

长满青苔的记忆常常冒充经典，
要他惯性弹拨一枝枝藤蔓，
茉莉花在藤蔓里面开放，
空气适度，时间单薄稀松。

他挣扎着抬起头，看看天，看看大地。
那颗高高的头颅是生命最大的奖赏，
千万不能有意外，千万不能低下去。

他醒来，他每天都是这样醒来。
有一只燕子给了他一个久违的眼神，
他知道：世界从来没睡。

原载《诗歌月刊》（下半月）2014年第7期

新摇篮曲

道　辉

我知道幻想过不了今夜——
我只听你伸手拔我身上的刺，在唱歌
我看你唱歌时睁亮的眼睛，比知更鸟美
我总是被这向上的天籁之声唤醒
当酣静之眼，重把我放回世人毫无知晓处
稍微亮过陶瓷的光很洁净
听书馆连环画为着沉寂打开
我的居室之静仍被水仙花含入瓣嘴
里面是有来人了，面容憔悴但仍是处女身
我知道忘劫之哭哭不过今夜
今夜不再有忧伤之水，把脸盅重洗三遍
微风从十指合拢启动，赞美诗套入戒指
挖星填窟的开垦者，错过了佳期
就在他旁侧的倒下处，放乱石入情感之坟
就在他宣告憎恨之处，重站起举树旗之身
我知道有永不坍塌之意，回到母亲扶灯纺织处
我知道流逝水呀破腌罐呀，都在发出复苏之声
我知道生活和真理是已提前到了诞辰的出口处
犹似失志的少年，已在火焰和海洋践踏
哦不，是一群孩子的微笑，在缭绕的光声中扶摇直上
哦是喜爱鹰和虹的孩子，你们就再在光声中睡一会儿
哦是爱哭喊和唱歌的孩子，就在葡萄和螺号的家中慢慢醒来

原载作者微信

桃花庵，答元中兄

张　洁

花谢花开，桃已千年
果实熟透，任路人和鸟儿分食
何须问：谁播种，谁守护，谁纪念
一个词语
在线装书深处，独自修行

放走风，放走一对一对的翅膀
豢养多年的“骄娇二气”，以及各种隐疾
和了泥，摁进墙脚。除了日月星辰，这里将不留下任何缝隙
桃花庵，白天和夜晚一样静
也许是悖论：炭炉上
水，总是沸腾着的

青灯如豆。剪掉一朵灯花，奶奶就亮了
再剪掉一朵灯花，四婆婆的黑布衫，倏忽消失
她们在故事里隐现
让我看见，然后看见自己
让我放弃，并由此开始懂得什么是爱情

掩上木门，桃花回到了庵里
一生回到了命里
“把浓酒给将亡的人喝，把清酒给苦心的人喝”
我只从亲手凿出的井中打水

原载作者新浪博客

端　午

喻　言

一个偶然失足落水的贵族青年
两千多年，一直被亿万屌丝怀念

真相与我们的距离甚至比月亮还遥远
这和演员无关
一代代导演心怀鬼胎或者出于职业习惯
已将历史篡改得面目全非
而那些台下虔诚的观众
有时又被称为黔首、百姓和人民
他们总是感动地入戏

诗人　就是那些可以把文字分行排列的黔首
把他们的臆想变成历史的注脚
无意中成了帮凶

我更愿意今天　仅仅是
对农耕时代一种美食的念想

火车要去哪儿

钟　磊

时速380公里的动车组从高架桥上掠过，
像高压线擦破了天空的皮，把天空划成一把破胡琴。
我问："火车要去哪儿？"
火车在铁轨上说想去北京看一场文艺演出，听《爸爸去哪儿》，

这让我想起爸爸在火炉上烙熟的土豆片，
在讲述着朴素的日子，朴素的日子比火车还长，
大于我饥饿的肠胃。
有些时候我也想起大雪，想起大北风冻坏耳朵的感觉，
想和零下29℃冰中的鱼取得联系，
想吹走玻璃上的冰花，
想透过窗玻璃，看见满山遍野的花朵在关心远方的事。
而远方却被一座大山堵住，堵在进京的路口，
像铁轨患上了血栓，穿不过大山的缝隙，
火车蜕下了自己的绿皮，像秋天的虫子一样尖叫着。
我想回家，不管火车提速有多快，
总想把一粒草籽塞进血管里，想还原自己，想把自己贴在电线杆上，
用寻人启事连接一个小广播，
喊着麦子的名字，在麦芒上闪烁其词，让火车哐当一下停下来，
让我站在麦地中央一味地品味成长的气息，
尽管麦收时节已经过去，
可是我还是要听爸爸交代好麦熟之后的一些事。

原载北京文艺网

宿 命

夏海涛

天终于升上去　越来越高
直到高过传说
河降下来　宽容从天而降
水降下来　宽阔地舒缓地降落
河　终于变得更像河了

即使是黄河　也终于无法摆脱
东归入海的宿命

这是何等的无奈
河推着高原一路向下　推着沙
河把自己的命运搏上
从5000米的高度　挥手掷下

这是河的命运　是那条叫做黄河的水流
虚构的情节

没有什么可以摆脱这样的命运
水是向下的　衔着海拔降落
海　张开吞噬的大嘴
既是命运的操纵者　同时也被命运
所主宰

原载《星星》2014年9月

祝你快乐

王　强

夏天的邂逅
如同春深的薄冰
每一步
你都要小心

美好的开始
仿佛少年的糖果

吃了一口
还想着下一口

短暂的驻足
如同手中的沙漏
每一秒
都不再重复

曾经的挥手
仿佛最后的回眸
每一次
都无法定格

我曾经日夜等待
你的消息
一句话
一颗糖
一首歌
一滴泪
统统被你带走
我依然真诚地祝福你
快乐地生活
每一天

角色转换

何　春

小时候，父亲教我辨认
蚂蚁，麦子，红薯

还有北斗星

父亲生怕我遗失了
在我衣兜里缝上一个小包
某某是某某的儿子

现在，父亲有些老年症状
我要教父亲辨认
门牌号，郭家桥，公交车
还有儿子

我害怕父亲出门回不来了
我在父亲每一件衣服左胸
缝上我的电话号码
并用红色丝线绣上
某某是某某的父亲

原载香港《成报》2014年父亲节诗歌专版

其实萨拉班德是一个悲伤的名字

王　音

我这样说不是说
萨拉班德不动听
我这样说是因为
萨拉班德太动听
了，正因为太动听了
所以萨拉班德令我听得很悲伤很悲伤的
所以一想起过去的

她们，我就脱口而
叫，萨拉班德（Sarabande）

原载《橡皮》2014年第3期

小骨头

张　后

小骨头在溪边洗濯身子
水声格外好听
小骨头有一张小狐狸脸儿
牙齿白得妖娆
她在有人窥视的地方
变得异常的兴奋和大胆
我喜欢倾听她黑夜里的软语
小骨头的抚摸令我的骨骼坚硬如铁
月亮照下来很明很亮
她光着脚回家

原载微信“后花园”

渡·爱

徐　慢

如果恰逢河水流淌，雨水交织
人类血脉里又增添了新的水文资料
循环蜿蜒的大河湾，夜晚之风
泣不成声，而一路灯火

要把我们带向大海，蓝色的
细浪里夹带着这座城市的沧桑和迷宫
激流，难道源于堤岸儿童的粲然一笑
钟楼和心脏，它们滴答声每每如此对应
犹如神启，虽然已经过百年喧哗
也许，安详和静谧早已镶嵌在大河灵魂
犹如魔戒，船划破航道：渡
那是苍穹的大写字母，那是钢铁和涡流的对话
那是水的自言自语，雾霭投在江面
天空的幕布，刻意雕琢出夜色的迷离
人群相互注视，每一个表情相互燃烧
每一张面孔相互浮现，每一双眼睛闪烁
犹如珍珠，人们试着谈论今天的流逝
试图理解光阴和陌生，试图表达
信仰是四个直角，并且感受它慢慢在磨损

故乡的芦花

木芙蓉

向北驶去。发黄的植物速写深秋，远望，山色金光
而堤下，溪滩里冒出十里芦花
这披头散发的东西雪一样
刮过我的灵魂
落草为寇。我靠着木芙蓉树，多变的花颜
脆弱、娇羞。最美不过
明媚与凉风对决，似乎，此刻，
人间悲欣的结句已到眼前
我抓不住惊喜
而芦花更不知故乡的水深水浅

醒我，醉我，打碎我。
碾过石子身上的沉默、疼痛，然后跌倒
我不如疯长的芦花，死皮赖脸
霸占故乡所剩的碧水长天

原载作者微博

胖子的好处

祁　国

我的肥胖
相当于每时每刻
背负着两位中年妇女

医生提醒我
说我很可能会在某个晚上
猝死在某张床上

害得我
每天天一亮
首先要确认一下自己的死活

日复一日
一不小心
竟对很多人生之谜开了天眼

比如说
过一天不是少一天
而是多赚了一天

比如说
最大的幸福
不是每天睡到自然醒

而是像我这种胖子
某个晚上的某个梦中
不知不觉地睡了个自然死

原载《葵》诗刊2014年号

浮生记

张成德

为了一扇门前一个嘴巴的光临
而期待吧

这破损的文字
必然有一个词的针孔
在那空明之处，穿梭着
大海的船

我有漫长旅行
不只是天空中飘浮的乐器、木椅、雕像
组成的幻影

在那些由项链缠满着的器官
美人鱼般倒下的海滨

我还清晰记得不远处沙滩由金属
落地而成的肖像群，必要的树丛
和岩石一直深入的内心

面对一个鸟笼
我以衣裳作为包装
披在它的上面
会让一个旗帜降下半旗
以一个镜子反射肉体的下半身
城市的下半身
这些逆光中的手法
我不是没有廉耻中的证明
告诉你们当一个
扭曲的屁股面对着这些呼吸的嘴脸

请允许我在一条蛇的尾部安装上一支蜡烛
烧着的眼睛
贴近你流行的风景

晚　钟

李永才

那些激越的钟声　缓缓地褪去
在夕照里　如夏雨的悲歌
我仍醉心倾听　深陷于海的灿烂
有如蝴蝶沉溺于伤感
倦鸟栖息在废墟
那些黄昏放养的鹤泪
太多地浸入杯盘狼藉的街巷

唯一的耳朵　早已喑哑

她们从没有听过
江南的晚钟　那些悲伤的母马
在夜晚之后　来不及相爱
就开始闻风逃离
顺流而下的　是府河的传奇
是母马的嘶鸣
像风一样的跑动

晚风穿过围栏　在安静的河畔
我指示一条小船
向落日下的渡口挑逗　那个女人
在潮湿的岸边
把两只灯笼　挂在夏天
晚钟和母马　目睹热烈之物
就像目睹燃烧的酒旗
期待一次喧响
像一片华美的枫林
期待一个明亮的秋天

原载《山东文学》2014年第9期

凤　凰

王　垄

山河是一座祭坛
在风雨中飘摇
亲们在夜色里拜神
我被一首诗的气场

击穿或麻醉
故乡在佛的掌心
瑟缩如蝉蜕
如果翅膀扇起的火焰
能照亮亲们
苦难的脸庞
更生的大鸟
冲出悲哀血污的囚牢
青春的坟头
一棵小草
竟能支撑满天的星光
它翱翔，我吟唱
在水面，在山崖
向左，向左
向上，向上
在海洋的歌哭中
在和谐的天地间
你若不是凤凰
涅槃的世界将把你埋葬

原载作者微信

陪父亲回家

向天笑

以前，陪父亲回家
总是让他老人家坐在副驾上
这一次，我坐在副驾上
他躺在担架上

以前，从来不告诉他地名、路名
他自己知道的，都会告诉孙子的
这一次，他再也看不见路了
只有我坐在前面告诉他

上车了，出医院了
到杭州路了，快到团城山了
过肖铺了，快到老下陆了
新下陆到了，快到铁山了

沿途，就这样不断地告诉父亲
让他坚持住，祈祷他能坚持到家
铁山过了，快到还地桥了
过工业园了，排形地到了

矿山庙到了，张仕秦到了
马石立到了，车子拐弯了
教堂到了，向家三房到了
向家上屋到了，严家坝到了

沿途的地名越来越细
离老家也越来越近
前湖肖家到了，吴道士到了
后里垴到了，快到家了

车到屋旁的山坡上
大父亲九岁的二伯
坐在小板凳上等他
我也告诉了父亲

救护车以二十元钱一公里的价钱
一路奔驰，只花了四十八分钟
一分一秒，都让我提心吊胆
幸好父亲很坚强，坚持到家了

原载《参花》2014年第3期

难度太大的诗

黄化斌

这是一个，我陌生的地方
在这里写诗，太难了
我写公路之诗，还没有写到村庄
就断头了
我写河流之诗，还没有写到下游
就断流了
我写森林之诗，还没有写到半山腰
就光秃秃的了
我写鸟鸣之诗，还没有写到它的嘴尖
它就从我头顶
晃晃悠悠飞翔得，不见了踪影
我把我的诗歌
跟随它往上提了提，就写到了雾蒙蒙的天空……

原载《诗刊》（下半月）2014年9月

忧伤之美

苏建斌

巴西足球崩溃了
像汹涌澎湃的亚马逊河，穿越热带雨林的泛滥
天空和大地，睁着眼
望洋兴叹

有一条看不见的河
流经了一个不能言说的国家。它干涸，满目疮痍
所有生物都在枯萎
天空和大地
紧锁双目

我忧伤这无力回天的景象
恰如我必将死去

观　音

杜　风

记不清是哪一年的他。在看守所
弄丢了我第一本诗集的。部分手稿
昨天傍晚在一起散步。遇见那个直发女人
彼此陌生。我知道他们曾深爱多年
他仍然是我每首新作的第一读者
“我绝对不会怨恨春天，所捎来的落花”
每次读着类似的句子，我都感觉疑惑
分不清他到底是摇头还是点头
我知道今天是他的生日。和观音菩萨

同一天出生。我说今天一起小聚
他说不能吃肉。也不能喝酒
一起看油菜花？一起到广场跳舞？
他把一瓶干红举过头顶。把音响的音量
调到了最大。周云蓬的声音大得出奇：
“春有百花秋有月……”
他模仿着周云蓬的声音。你知道
观音菩萨为什么不骑着白马
而坐在一朵盛开的莲花上？

原载《荆州晚报》“垄上诗荟”

一身疼痛

罗　晖

院子里的叹息
弄疼了心里的伤口
我奔走在生存的路上
重复总令人乏味
让我对理想感到失望
我的头发疼了
我的声音疼了
我的眼睛疼了
它们累得都睡着了

烦心的事
不时闪现
很难消缺对命运的抱怨
生活中没有干净的尘土

就连小小的阳台
都藏着她的委屈

有谁猜得透自己的明天
昨天的笑声犹在耳边
今天　黄土已经堆到脖子
就像乌云　变幻莫测
疼得每个人都装不下

我仍然对生活
抱有幻想
让我的体内努力保留一块
没有伤口的地方
让我的灵魂
好好疗伤

原载作者博客

忧伤的美意

三色堇

直到夜幕降临
直到香樟树的影子有了恋人的风度
直到风过之后，小小的伤口
漫过千山万水的疼痛
直到我用消瘦的月光书写小令
——

如果万物之美也可以修成正果

也可以有诗意的俊美与精神的辽阔
如果一个人的心被深埋其中
有谁，可以与你长久地对视
有谁可以在返回青春的路上听到叶子的飘落声

放下吧， 放下那只把白昼变为漫漫长夜之手
你无法踏入别人的梦境
只有将内心的忧伤收藏得轻盈而无痕

原载《星星》2014年第10期

画　月

杨　林

木叶溪，永远是那高山
流放一排竹筏
无法停止流泻，那涛声摇晃着月影
闪耀波光

笔尖穿透薄纸，模糊了
那被风吹弯的树梢
以及夜静到心坎上滴落的哀鸣

这是一个人的秋天
习惯了将脸色藏于微笑后
让自己无限柔软下去
直至忘了归途

总是离开后寻找，那圆缺的轨迹

又在这镜中
发现，“死亡是黑夜最美的褶皱”

原载作者新浪博客

我看见

罗马兰

我看见你远在天边，近在眼前，空间是种古代的概念
我看见所有的幻觉，理想，所有的零，无限延伸，吱呀一声
我看见一种被抽象的虚无，一种纸上谈兵的虚荣，一种棋不逢对手的寂寞
我看见没有一朵花相同，一个人相似，我承认万物有灵
我看见幼年的我，孤独于世，大声叫喊，我要离家出走
我看见六十四条大风在马路上舞动，转弯，你的头发呢?
我看见天堂和地狱怀揣岁末的红包，在投胎的路上，你说从来没有救世主
我看见乌托邦似的漫游，在自我之外的想象世界，情定锁链
我看见我被无厘头案定罪，示众，等待五马分尸
我看见一口深井，经年失修，长久未启，我相信这是我恐惧的来源
我看见天地青色，山水同体，月色下，谁与我共赴一个梦约?
我看见我在梵高的星空下学习战栗，在长城脚下理解仰天长叹
我看见我被推出门，恍然世界是张曝光过度的底片
我看见，烈焰焚烧，天雷滚烫，这溶身的恐惧，哪里还有呻吟?

石　场

张丛波

采石场的正午
阳光的暖，抱成一团
石头里的水
在采石人黝黑的臂膀上析出盐粒儿

锤声里的宁静
将空谷一再地荡开
碎石的锋芒，在光阴里割出伤口

一团旧棉花，一窝烫人蜂鸣
三十年后
有人柔软地跌入

原载2014年“大连市诗歌大展”作品集

鸽子在飞

徐　芳

鸽子的翅膀在飞
鸽子的羽毛在飞
就像鸽子的呼吸：
风在飞
恍惚的心也在飞

咕咕的低语

绕着小花园，也在飞
你咯咯笑着，问我
是不是——
那个找不到天空的
鸟？

刚才，走过窗前的
一个女孩——
白色的衣裙翩飞
却挑衅般展示
一双巨大而多余
的翅膀

不，鸽子在飞
在原地——
就像你在我眼前
把一个遥控器
牢牢摁在指尖

鸽子，上过几回尖尖塔

卢　辉

教堂的尖尖塔挨在一起像是一群好姐妹
瘦瘦的，身材一直保持良好
我注意到，停在尖尖塔下面的鸽子
走起路来都是大摇大摆的
它们很自在
像塔尖上的姐妹
没有一个是偷生的

我蹲下身子，带了一点鸽子爱吃的东西
它们不认生
一块扑了过来
吃饱了就在广场上飞来飞去

也许是教堂的门不常开，也许是《圣经》
它们听过好几回
它们的罪都是一般性的：大不了上过几回
尖尖塔

原载《绿风》2014年第2期

姑姑的午后

——致HY

朱　鹰

姑姑啊
记得那午后的窗子
你朦胧的笑颜
像微信默默被转发
浅光在低频振动
人生的尽头依稀可见
我的名字有时还不如
一次无意的点赞

姑姑啊
午后的你，像个小姑娘
雾霾笼罩的京城，没有雨水

除了我和我的茶外
晴朗只闪动在你的瞳孔里
我的歌声瞬间破裂
你的歌者却无所事事

姑姑啊
这慵懒的春天
再煽情的骚客
即使是雨中的柳三变
还有海边的徐志摩
也抗不住这属于你的午后
在梨树按时飘花的时刻
我突然跳起来
散开了一束夜色的玫瑰
这不过是为了赢得
你平等的惊艳

姑姑啊
你的午后，衣服透出书卷气
即使一个年轻人坐在你面前
也不得不更加年轻

姑姑啊
我多想模仿你的时空
缓慢而准确，忧郁而清朗
那温柔的乳房，草原的远方
其实，你充满了力量感
还有一颗反叛的心
在最艰难的境遇下
你的面容也从没有
一丝丝细节的衰变

姑姑啊
你的聪明已化作智慧
此刻，我终于敢摘些新绿
假作自我的金币，献给你
也无需再顾及人们的淡漠
只想春天与你在一起

原载微信群“诗意的日子”

那束光是斜着劈过来的

谭延桐

那束光是斜着劈过来的。咔嚓一下，就
劈过来了。那束光撂倒了大暗，接着
又撂倒了咒语。那束光
很凶猛，就像一头豹子，猝不及防，就扑过来了
就在它猛扑过来的那一瞬
我看见了百合，她还活着，只是身上受了点儿伤
那束光斜着劈过来的速度
绝对超得过目光的速度（目光的平均速度
大概是世界上最缓慢的了）。也就是说
那束光显然是有思量的。那束光
从来不敢贸然行事。那束光之所以在劈下来之前
犹豫了一下
又犹豫了一下，显然是出于它的谨慎
这样我就不能不说，它是一束谨慎的光
理性的光。你看，它奋不顾身的样子啊，顿然
使它更亮了，只能说是，和它自己一样亮

闪电，是它的真名，它没有笔名
也从来没有想过要去弄个虚名什么的
那束光很豪迈，很大气，说一不二是它一贯的脾气
你可以不祝福它，但你不可能会忽略它

原载《绿风》2014年第2期

一个独身女人的镜像（之二）

张灵均

镜子里顾影怜爱的人
也是自己的对手和情敌，每天厮守又厮杀

你曾经委曲求全，对着镜子谄媚
试图化解与镜子的矛盾，博得镜子的修正主义

镜子却与你的青春夙敌，藏匿了你曾经的年轻与美貌
刻画一个妓女的模样推出来

这让你再度伤感，砸碎镜子寻找背面的真相
多么可怕的镜子先生，多么可憎的时光魔鬼

你发誓不与镜子为伍，这个陷你于丑陋模样的怪物
出门前，你又忍不住回头看了一眼

满屋子破裂的镜面，长出一粒粒疯狂的眼泪的圆镜
像一粒粒穿过黑夜的子弹，朝你忧伤的眼睛飞来——

你像条落荒的母狗夺门而逃
世上到处的镜子追捕你

你屈从了世界这面巨大的哈哈镜
到死不敢与镜子貌合神离

原载《中国风诗刊》2014年“湖南代表性诗人地图”专号

豪迈的诗篇

王征珂

大地松绑，冰河解冻，万物向荣，如此多的
空洞之词、豪迈之词，我搜肠刮肚，搜出了
心坎上的不死鸟、脑海中的大理想
冬小麦的童年，穿着青衣，瘦骨嶙峋
立在原野上。我当然晓得，我的家族
祖宗八代都是贫农，从来没有文曲星
而我喝风，而我傲雪，钢铁得要命
王的少年没有：娇嫩，金枝玉叶
王的青年没有：懒惰，贼眉鼠眼
王的麦穗不是：小瘪三，混混子
王就是这棵小麦，有朝一日我捧出
黄灿灿的金子、哗啦啦的诗篇
现在，多暖和啊，温暖、晴暖、饱暖
暖到眼角眉梢，近在咫尺，像是真的
一轮暖阳，仿佛亲人，仿佛知音，仿佛
知晓我过去、祝福我未来的那些人
那些人给了我消毒液、杀虫剂、强心针
这个冬日，一轮暖阳晒出了
我的小幸福、大光明、瞌睡虫

原载《诗刊》（下半月）2014年5月号

孤 篇

吴少东

秋后的夜雨多了起来。
我在书房里翻捡书籍
雨声让我心思缜密。
柜中，桌上，床头，凌乱的记忆
一一归位，思想如
撕裂窗帘的闪电

蓬松的《古文观止》里掉下一封信
那是父亲给我的唯一信件。
这封信我几乎遗忘，但我
确定没有遗失。就像清明时
跪在他墓碑前，想起偷偷带着弟弟
到河里游泳，被他罚跪在青石上。
信中的每行字都突破条格的局限，
像他的坚硬，像抽打
我们的鞭痕。这种深刻
如青石的条纹，如血脉。
我在被儿子激怒时，常低声喝令他
跪在地板上。那一刻
我想起父亲

想起雨的鞭声。想起自己断断续续的错误，
想起时时刻刻的幸福。想起
暗去的一页信纸，若雨夜的路灯般昏黄，
带有他体温的皮肤。
“吾儿，见字如面：……父字”
哦父亲，我要你的片言只语

原载《大湖之舟——中国合肥与韩国原州诗歌时调交流专辑》（2014年9月）

重金属摇滚男

顾　北

答应给他一只宰杀的火鸡，在他方便的时候来拿。
答应过一盒雪茄，或别的什么，有空都可以来拿。

如果他敢来，就在他体内播放着火的音乐
在今天，他是蜷缩在天花板睡觉的水晶

只不过浑身爬满一个又一个红包
他被音乐狠狠揍了一顿

原载成都《意外》诗刊2014年总第2期

秋　色

许　军

广阔的天空下　谁在徐徐吹奏
一曲金色的小号？
温暖　嘹亮　水银一般地流动

闪着金属光泽的秋天
由浅入深　醉态渐露。它的黄
把我的一生染了又染

即便踮起脚尖也望不到尽头
诗歌中的无边旷野
越来越开阔　也越来越自由

我爱的女子　万物　大地
都赶在秋天　卸下了浓妆

原载《时代文学》（上半月）2014年第4期

走过拱宸桥

刘向阳

起点，抑或终点，
拱宸桥，大运河的坐标，
隆起于夹岸的高楼。

过客匆匆南来北往，
如水，此起彼伏的朝代、
将相王侯，如水逝波。

而今，我等就临窗的微风、
对岸的音乐，饮一壶青梅酒，
且把舶来的咖啡苦苦抛丢。

找一找隋唐，或南宋的感觉。
哪怕是大明、大清的遗韵
也行。没有。小二，上酒。

站在拱宸桥上望：
人影憧憧，往事历历。
运河亦有载不动的哀愁。

至此登舟，能到汴梁、长安吗？
步履蹒跚，走过拱宸桥，
打车回旅馆。呼噜一宿。

原载作者博客

平武，报恩的寺

周世通

虎牙的瀑，白马的寨，都是旅行者的欢愉
只有报恩的寺，大隐隐于市

这是五月，寺里的香火只在记忆里摇曳着
马帮的孤独与疼痛，早已浸透古道
红墙尽头，羊皮袄若隐若现

那建于皇殿的金水桥，微缩在报恩的寺里
不说，人们就能知道这寺里的隐喻
而隐士早已在佛经声中遁迹

没有人不知道，寺里的钟声是另一种时间
每一匹砖瓦就是一位被超度的亡灵
黄昏爬墙，似乎什么也没发生

当转动寺院里那形似七级佛塔的转轮经藏
行囊里那拾于峡谷的顽石念念有词
此时，我的内心澄明，且辽阔

靠着一古老的树坐下，一切都是那样安好

内心寻幻，一百衲衣老者提灯而来
在寺里，照着我的今生与来世

一生一世，我们都曾试图穿越，甚至转身
其实，我们从未离开。在报恩寺里
灵魂早已随经书，起身，安居

原载《特区文学》2014年第6期

男　女

远　洋

在各自生锈的铁笼子里
我们相对站立
将脸蒙上一块白布
赤裸着身体

在一条锁链的圈禁里
你赤裸着女性的身体
却顶着男人脑袋
戴上骷髅面具

在各自新漆的木笼子里
闭上眼睛相对站立
我伸出金属机械之手
把你的手寻找触摸

你的手腕吊着砝码
我的脑袋装满齿轮

原载作者新浪博客

等待时刻

雨　人

我在小说中写他领着儿子观看被压死小狗的一个情节
是为了让他看到现实残酷的一面吗
“妈妈到哪里去了？”
“你赶紧吃吧，趁着现在
冰激凌是硬的，舔在舌头上凉丝丝的”
他看着儿子
慢慢融化、弄脏衣服，手中只剩一根棍子。
在小说结尾，他在精神病院碰到她
她说，她改行了
以前在马戏团训练狮子
现在在疯人院治疗病人，没有多大区别。

原载先锋论坛2014年6月

柳树下的铁匠

向以鲜

除此之外再无景色可以玄览
四月的柳烟，七月流火
再加上两个伟大的灵魂
一堆黑煤半部诗卷

擦响《广陵散》的迷茫手指
攥住巨锤，恶狠狠砸下去
像惊雷砸碎晴空
沉闷的钢铁龙蛇狂舞

还有，亲爱的子期
我鼓风而歌的同门祖先
请用庄子秋水那样干净的
喉咙，那样辽阔的肺叶
鼓亮炉膛

来！一起来柳树下打铁
吃饱了没事撑着打
饿死之前拼命打
这痛苦又浮华的时代

唯有无情的锻炼才能解恨
你打铁来我打铁
往深山翻卷如柳绦散发
打了干将打莫邪
向无尽江河萃取繁星
世上还有什么更犀利的
火舌在暗中跳跃
在血液里沸腾尖叫，好兄弟
火候恰到好处，请拭锋以待

原载作者新浪微博

勒勒车

北　塔

勒勒车吞咽着尘土
在一群山羊前
驶过呼伦贝尔和鄂尔多斯

载着一片雨云的阴影
像载着一个孕妇
随时有流产的危险

男人粗糙的巨手
在寒冬光滑的车把上
摸出了汗水

在鞭子的口臭里
骏马跑断了腿
驴子擦伤了眼
只剩下骡子
还在沿着黑暗的河流奔忙

直到大半个车轮
陷入泥泞的梦
直到沼泽地布满
蝙蝠的翅膀
直到疲惫不堪的骑手
翻身落马

勒勒车的每一颗锈蚀的钉子
都留着祖先锤击的印痕
勒勒车的龟裂的木板上
留着祖母最后的体温
每一根轮辐上
都转动着母亲的羊水
那出生在勒勒车上的孩子
被绑缚在饥饿的轮轴上

让它的棚顶落满乌鸦

让喜鹊的哀鸣
穿过铁丝网，传向远方
让一只蚂蚁推动它
再往前一点点

雨点像榔头一样锤打着
勒勒车像石头一样下沉
一个庞大帝国的轮子
就这样在滚动中
戛然而止

眉上的山水

成都凸凹

眉上的山水
一幅不作伪证的抽象画
挂得比心灵亮，比窗户高

它是玲珑的
玲珑得可以铺开最广大的喜乐
最深重的悲惑

它是容易的
叶不障目的灌木丛
排开甜苦，香臭，条分缕析

从植物学到人类学
两丛山水
呈现出内在的美学

不舒不展，舒舒展展
最嶙峋的时刻
山水出画，宣纸皱成一团

无论怎样
谁也不能把这挂山水取下来
钉牢它的眉骨，有宿命的倒钩

原载《山东文学》（上半月）2014年第9期

2014年8月4日，或者斜下半壁江山

欧阳白

我徒手撑地，斜下去半壁江山
就势一个翻滚，如同在月亮上看地球
虽则手受了伤，但也由此获得了
翻转世界的机会
我看到天灾不断，人祸频仍
一壶滚烫的水就要倒向一个白嫩娃娃

原载微信公众号“中西现当代诗学”2014年11月2日

悬铃木

于贵锋

悬铃木。悬铃木。嘴里念着这个名字
我穿过公园。

今天终于知道，这种树叫悬铃木。
有没有悬挂铃铛，我还没有搞清楚。

这种像变异的白杨一样的树，叫悬铃木？
在夏天，儿子疯狂地对着天空，把它们拍了几十次。

那些白的树干。树干上的黑疤。那些在风里面
翻过来翻过去，鲜亮而晃眼的叶片

和我之间没有故事。悬铃木就是一种植物
和我的记忆几无关联。——小小的不安源于此？

也和悬铃木没有关系。我就是我
对于悬铃木我并不存在。——不安也源于此？

悬铃木。悬铃木。我叫着这个名字。
我忽然听见悬铃木也在叫我。

悬铃木在公园时就开始叫我：我知道了它的名字
它提醒我也认识一下其余的植物：复叶槭树，南美火炬树……

公园里，有许多我每天都看见，但叫不上名字的植物。
有许多我能叫出名字，但还是不了解它们习性的植物。

如同我身边的人，比如儿子，我不知道他在怎样生长。
比如许多生活中的人，我们认不出彼此，彼此从不存在。

甚至彼此认识的愿望也没有。
只是独自幻想。只是独自存活。

原载作者博客

我喜欢一只天鹅

李子良

我喜欢用一只天鹅的经验
经过一条河流
喜欢用一条河流，去看一只天鹅

我喜欢羽毛搭建的寺院
曲颈拐弯处醒来的钟声
可我担心，我是渔火
会走失在它的蹼里

原载作者新浪博客

语言的烈火

上官南华

我们有我们的方式，世界
我们有我们的爱情，语言

我们热爱，因为我们早已冷却
母亲多么昂贵，太阳汹汹

鼓舞天空巨大的图符
笼罩人间的梦，纯粹的睡梦

这是草的界限，岛屿的夜色
站在海与岸之间

我的左心室给海
我的右心室给土地

给予，我给予世界一个人的语言
百合开放，洁白地开放

看看你的衣裳
春天已经开放

春天和你坐落故乡
草丛动荡

土地精悍地膨胀
啊，稻米，啊，麦芒

我们有我们的方式，世界
我们有我们的爱情，语言

原载第二届北京文艺网国际诗歌奖诗集奖《R城寓言》

索德格朗

梅　尔

现在　我坐在拉斯维加斯的阳台上
看着昨夜的灯红酒绿熄灭在感官的天堂
或者昨天　我坐在旧金山机场的舷窗
看黎明的飞机鲸鱼一般优雅地来来往往
转身回眸
你穿过一百年的时光

依旧抱着竖琴恬静地坐在上帝脚边
天使般歌唱

你是天梯的一部分
荆棘与花环在你走过的路上
那些刺痛你的有的还再刺痛着我们
那些你歌唱的我们还在尾随你歌唱
只是我们没有了竖琴
我们在一片繁荣的废墟上
只有依靠梦境
才能回到你的玫瑰与星星身旁

无数被你感召的读者
吸吮你一百年前撒落的花瓣的芬芳
你的饥饿与咳嗽
成为你诗歌的营养
我们不远万里逐鹿荒原
只为了某一刻能与你百年前的一次回眸
相撞

原载微信公众号“中西现当代诗学”2014年10月27日

傍晚

陈衍强

四叔在看《新闻联播》
三哥在打麻将
二娃在玩游戏
大妈在跳广场舞

全城只有我一个人在写诗
就是这首

原载作者新浪博客

父　亲

王　玮

父亲八十七岁了
像个孩子，盼我回家
靠在我的身边，听我说话
悄悄地摸了摸，我的头发

父亲八十七岁了
耳聋眼花，还能说话
问我孩子，爱人，起居，健康
问得我泪如雨下

父亲是个农民，扶犁掌耙
做一手很赞的农活
他从小读书，写字，刷牙
有时洗净泥巴，穿上皮鞋
有时说些难懂的话
他说我妈：朝于斯，夕于斯
直到我考上大学了
妈妈才弄懂，这是多好的评价

如今他八十七岁了
风烛残年，儿孙满堂

像个孩子的心思，却在我
这个不肖的游子身上

原载作者微信

大观园里的山顶洞人

曾学远

什么时候　山顶洞人占领了大观园
在潇湘馆里钻木取火
在怡红院豢养畜生
沁芳亭　天然厕所
精巧的假山草洲铺开露宿的床垫
酣眠时　漫山芍药张开红唇
亲吻身体和棍棒
缤纷如画的风景里　不成调的呓语
听起来也像是一串串诗句
只是身旁　雷电代替了优雅的听梦者
粗粝的吼声和风雨鞭子般
抽碎了芍药花柔情的春梦

倚靠九曲回廊撒网
捞几篓精致的鱼儿　红的金的蓝的绿的
刮除五彩鱼鳞的符号
口水和牙齿　野蛮的欣赏者
直达欲望的肉香
文明去皮剔肉　剩下细瘦的骨头
文明的骨头吐满雕花的漆案

奔跑的光线

甲　子

来自哪里不重要，
只要有足够的亮度
去往何处不重要，
只要朝着使命的方向

光线，在广大的空间奔跑着
劲风吹来，要助它一臂之力
可结果于事无补
空气也在帮忙，其成分的密度
却减损了它行进的速度
它不需要介质
依靠自身的强大就足够了

不停地奔跑
是因为人间还缺乏色彩
还有太多的地方需要明亮
在阴暗怒视、雾霾猖狂的当下
它更像马拉松运动员
深知“最快的脚步不是奔跑
的速度，是长久的持续”

树　顶

衣米一

我想爬到树顶
看看树冠是什么样子
藏有什么秘密

它那么高高在上
我仰视了很久
现在，我想爬到那高处去
看这样的行为会带给我什么
会改变我什么
我能不能把自己的旗帜
挂在上面
让风更容易吹动
我的旗帜
被吹得哗啦啦响
衬托出我一生的
沉默，安静
不为人知

原载作者新浪博客

山盆有个仙人山

郭思思

仙人山不光住着仙人
还住着几百户人家
若干年来　仙人们可以走路
也可以腾云驾雾　来去自如

而咱们仙人山的老百姓
若干年来　只能嘿哟嘿哟地步行
并且弯腰驼背　一筹莫展

如今　仙人山上的老百姓
也像仙人一样　可以步行

也可以腾云驾雾　还可以
过上让仙人们羡慕　嫉妒　恨的生活

原载《贵州诗人》2014年第3期

勾　魂

李晓旭

他们像花瓣一样
躺在七月里

鸡鸣三声
音讯全无

亏你们七日后还记得乳名
恍若雷电后便谣言四起

梦见骨头的人
蚂蚁开始啃噬红色的狮子

一口一口
再不肯露出半点破绽

听见火车汽笛
屠夫们吹起了喇叭。面颊微微发烫

原载作者新浪博客

（注：诗人因骨肉瘤于2014年10月16日中午离开了我们。）

悼卧夫

罗广才

会有多少人为你落泪，有声或无声
会有多少人为你悲伤，好人或孬种

我悲：你的预知生命
我叹：只能认了你的命

离开，是为了更早地回来？
嗯，带着伤走还是带着伤再回来？

赤裸着走，你留下全部衣冠
这行囊有多么多余，只有你知道

你放下了我们放不下的
你走出了我们还在走的　时间

卧夫，宋庄我不止你一个朋友
可是，宋庄我是回不去了

卧夫，你散步去了
我，闻到了幽幽花香

原载《未央文学》2014年第4期

悼卧夫
——兼答《最后一分钟》

马启代

——“人间的长卷终于被你扛上了天堂”，最后一分钟，你等了整整五十年
从今天起，我将学着赞美，只对那些无需肉体也散发温度和光辉的死人
兄啊，我还将从今天再次复活。“我已死过了，活着的只是我前生的墓碑”
我所有写下的文字，都是碑文。窗外的树此时无雪可站，全都披上了孝衣
“大地借飞驰而过的高铁传递着悲恸”。因为黑，空旷，我依然感受到冷
从你锁上的门缝里窥见一切。最后一分钟，兄啊，我活成飞蛾扑火的勇士

……这样的夜，谁在出生？谁在异化？谁正落荒？“秒针才是万能的钥匙”
“我送你的灯火依然在高空闪烁”，兄啊，仰望一下，我们都不孤单

原载《山东诗人》2014年卧夫纪念专号

最后一分钟

卧　夫

我没等完最后一分钟
就把门锁上了
窗外的树在雪里并没说冷不冷
今后，我想把阴影省着点用
我想把灯关了，我扮成鬼
对死人说一些风凉话
死人不耐寒的时候
我把死人生前所渴望的一杯白水泼到地上
写一首赞歌

赞美那些死去的活人
赞美那些活着的死人
祝贺他们经历过生或死的有效期
直到这个节日的爆竹奋不顾身
惊醒另一个早春

原载作者新浪博客

（注：诗人已于2014年5月离开了我们。）

第六辑

生于50年代的诗人

冰钓者

王家新

在我家附近的水库里，一到冬天
就可以看到一些垂钓者，
一个个穿着旧军大衣蹲在那里，
远远看去，他们就像是雪地里散开的鸦群。
他们蹲在那里仿佛时间也停止了。
他们专钓那些为了呼吸，为了一缕光亮
而迟疑地游近冰窟窿口的鱼。
他们的狂喜，就是看到那些被钓起的活物
在坚冰上痛苦地甩动着尾巴，
直到从它们的鳃里渗出的血
染红一堆堆凿碎的碎冰……
这些，是我能想象到的最恐怖的景象，
我转身离开了那条
我还以为是供我漫步的坝堤。

原载《上海诗人》2014年第3期

只有最慢的留下来

于　坚

在永恒的乌鲁汝
只有最慢的留下来
从一棵桉树爬到红色的岩石下
那个影子用了一生
汽车灯是最快的
只是一闪　照亮
还没有看见什么
大地就恢复了黑暗
我比汽车慢些　步行
穿过丛林的时候
我看见那东西晃了一下
还没有想起它是什么
就不见了

原载作者新浪博客

春日寻油菜花不遇

杨　克

天真烂漫的笑脸，一朵挨一朵
着青衣的野孩子
在浩瀚春风中手挽手
它们与小春天同龄
是谁泼洒这金灿灿的油彩?
比梵高疯狂的黄色更恣意妄为

说起植物中我的同胞
你的脸也叠印出万丛笑意
如同来到黄金海岸
我眼前浮现万顷波涛
任性逍遥春意漾到了天边
突然裸露的田野割伤眼帘
原来油菜花爽约了，都被四月喊走了

疲倦的人儿，等待着刷新
荒凉的心田
一晃眼，恍惚是贵妃
仿佛一枝红艳的大唐伸延过来
那五瓣的盛世，耸得多高贵
不为武媚娘折腰的牡丹仙子
裹挟前世今生的妩媚
花非花时非时
我也非陈子昂，公元二零一四年的东莞
更迭着的洛阳的繁华
多想也登旗峰山放歌
天地的大美
如今被一株牡丹盖下去了

祝 福

——写给所有的、所有的……

郁 葱

祝福我窗外的那些树
它们又要绿了

祝福孩子和老人
——一定要首先祝福他们
祝福文字、声音、语言
这些是我生存和幸福的理由
祝福和妈妈同样性别的人
祝福我面前的颜色：
红色、蓝色、黄色、紫色……
祝福每天照耀我的
祝福每天遮蔽我的
祝福我读过的每一本书
用过的每一支笔
祝福爱我的和不爱我的
祝福已经经历的和不曾经历的
祝福空气也祝福呼吸
祝福雪
祝福我能够想到的和不能想到的
祝福那么多的纯正和洁净
也祝福那么多的浮土和尘埃
祝福我看到的每一个名字和影子
祝福以后及以前
祝福寂寞和牵挂
祝福深夜所有窗口的光亮
祝福我惦记的、我忘记的
祝福我的温润和温热
也祝福那些邪恶的，让人鄙视和厌恶的
——不期待他们变得善良但期待他们得到宽恕
祝福灿烂和黯淡
祝福流逝、停滞和感伤
祝福泪水
祝福想象和真实：它们滋润着我
祝福曾经单纯的快乐：

——养育青草，绿到天涯
祝福天阴和天晴
祝福我走路的双脚和鞋子
祝福花、公园、博物馆和凌晨
祝福持续、润泽与恒久
祝福甜蜜、幸福、苦涩和许多种感受
祝福年龄
——他让我自信、平和
适度的沉潜
并且懂得了深刻、原谅和感激
祝福：轻轻地用一只手
合住自己的另一只手……

原载《河北日报》2014年9月29日

芙蓉洞

梁 平

一个字在洞口开花，
芙蓉肥硕的唇，磨瘦了时光，
远古年龄不详，洞穴里一次深睡眠，
石头、水、乳皆活，浑为天然。
一千零一种迷人的体态，
一百零八种销魂的姿势，
静与动都恰到好处。
深不可测，呼吸越来越急促，
那生命之源竟是自己，
半路留下的根。

飞升的感觉在深处，
灵魂出窍，滴水的声音也是汹涌。
繁衍成江海与森林，
英雄座次后宫粉黛有了出处，
灯光渲染的帐幔言情，
版本更新，不断接近真相，
幽怨凄冷都是解说的词。
一块没有命名的石头，
正襟危坐，在那里日诵两遍：
为老要尊，为老要尊

芙蓉在洞口怒放，
不能抑制的生猛与肆意，
一泻两千七百米。每一米丰腴，
都在激活那个字，
那个字洞里不能藏，没有
那个字简洁象形，
不生僻。
所有的坚硬生成平滑的肌肤，
有了性情、血脉和姓名，喀斯特
在武隆，他是芙蓉的儿子。

原载梁平诗集《深呼吸》（作家出版社2014年10月版）

成语故事

子　川

锋利的刀刃，割断打鸣鸡的喉管
所有猴子这时都成了哑巴

篱边的鸡，山里的猴
它们的故事与城市无关

雾霾密布的城市
到处是走来走去的人
流来流去的噪音

词典已经下架
零星的成语故事
被丢弃得到处都是

我们都需要有另一种声音
可我厌恶
我自己发出的声音

原载《中国作家》2014年第10期

传　说

大　解

在天空的边缘，有一片云彩，
接受了村长的邀请。我真不知道，
他要这软绵绵的东西有什么用。

这个老家伙，从树林的后面走来，
摇晃着身子，好像在做梦。

村长的胡子白而且长，
是从体内抽出的丝。

那年我四岁，看见一片云彩，
飘飘忽忽，来到我的村庄。

村长坐在云彩上走了。
传说他回来时，带来了上苍的公文。

云

马 叙

云很乱，它差点代表了这个世界。
色彩不顾它的反对就抹了上去。
这样一来，它又差点代表了美好的事物。
只是好事物太少，云彩一被吹动
还没造出的事物就努力赶紧地造。

但是，我还是要歌唱乌云。
接上一架云梯，攀上去，湿漉漉的
——为了取下一个闪电。
取下闪电之后，才知其余事物几乎无用。

尽管有些事物美得令人心碎
但是它们早已变馊、坏掉。

这样一来，回归到乱是必须的。
闪电是引路人，把人往错误的路上狂引。

人们正在一个跟一个地往幸福路上走
而幸福是那么大的一个错误。
……可我已经荒凉
在云彩的反对中把世界冷眼察看。

原载马叙个人微信公众号“微水墨”2014年7月28日

五月的蔷薇

——致R. Y

唐晓渡

当然，这是一个秘密——
缠绵的藤蔓
怎样从荆棘丛中
一把抓住春天

却不知怎么打开
就这么暗暗攥着
整整一个冬天的蓄积
憋得血管发蓝

迎春开过，樱花开过
然后是桃花、杏花
压缩再压缩的热情
竟会有雪花的冷淡

慢。必须是慢!
忍耐缓解着忍耐的负担
这世上不会有过时的芳香
看那些在风中晃动的小拳头

——我的花事，一百万颗
瞬时齐爆的集束炸弹!

燕 子

詹福瑞

说燕子牵来了雨丝似乎是在刻意修辞
而且太尖巧
在我春天的记忆里
的确是在呢喃的叫声中
传来沙沙的雨声
此时　雨越来越密
春意越来越浓

母亲织了一辈子布
大字不识半筐
我至今记得她说过　燕子
是把雨织成帘子的梭子

燕子从来就是在人们不知不觉的时候
回到了老家的房梁上
和人一样从屋门出出进进
从此饭桌上多了欢闹

夜间添了喃喃细语
母亲说　燕子是咱家的人哩

在一场潇潇暮雨中
今年的燕子如期归来
屋子里　母亲常坐的炕头却空了
房梁上燕子也只飞回了一只
院子里白花花的雨下得极凄迷

打　发

车延高

枫香稳坐在寺院，过一天
算一天地落叶

空心潭还是开元六年的水波
比进士老，无所事事打发日子

米芾弯腰，笔在碑上刻字
龙飞凤舞的墨，比宋朝癫狂

踩九节高跷，在那里指指点点的
一根葱，白痴的手指

小乌龟吐一口痰，恨时间爬得慢
高僧笑，捋须，谁有寿，高得过雪山

我不信邪，继续武装欲望
解心之扣，脱下卑躬屈膝的伪装

让此生的意义流放，望眼欲穿
奇遇在江湖，告别的手握定自已，易水寒

远处，山被岁月捏成面团，比天低
比活的墓碑高

两三点小雨，就一小人的吐沫
淹死黄昏。我是月，想跳夜的龙门

原载《星星》2014年第5期

雪上想你

郭力家

雪上的日子
把我过得越来越专业了

雪在窗外
把你下来下去
冬天拉长了东北的怀念
不想你
好像我不是个斯文人

下定决心去想你
省着隆隆的黑夜
把我拆成个雪上孤儿

不怕牺牲式想你

让满书架的名著
眼睁睁羡慕嫉妒恨

排除万难着想你
冲出国家节日
杀人越货的新闻
公平和正义的包围圈

争取胜利着想你
是相信
你在天堂门前的草地上
一个人
没我没意思

雪这么安排了我的今天
我就老老实实这么想下去

雪野光复了你缕缕清香
东北就成了我情人
亲
你还能死哪去

原载作者微信

堂吉诃德

段光安

这病弱老头
每天展示他骑士风雅

穿盔甲
骑瘦马
持剑东拼西杀
刺闹市的酒袋
刺游人围观的灯塔
直刺得
骑士纷纷逃离天涯

今天他又
闯入剧场
冲进网吧
剑指拉登
潇洒
当出门收费
他咕咚跪下

原载《书摘》2014年5月

鬼 魅

田炳信

天外云堆
太阳山巅落坠
花溪流水深闺
暮雾挠头
三只火狐悄然偷窥
无奈寂寞落叶
大风会吹
松子颗颗圆润膘肥

针影歪斜破碎
阴山岩画千年古碑
犀利兽纹漆黑
貔貅　饕餮　螭吻
雪沿山脊漫舞轻飞
野景畅达鬼魅

原载微信群“九眼桥诗酒群”

民间诗人

陈亚平

火焰在老虎核心突现史诗的第二景象
你以吸力直感今天的辛迪·克劳馥
灵魂与黑夜交织，活着现世的生命
没有你终生彻骨的良知，就没有写作
诗歌昼夜聚落，努力或晕眩
眼前突然挥霍它异端的力量
热血驾驭内心，景从真理的生与死
还像你珠江蛰居十年，为诗歌疼痛或博爱
思想的大饕，雄辩不止的召唤者
此时，第三代人垂危献身，你就一定命该有所写

面晤广州四个诗人，南方狰狞的沉睡
你在饱经心劳的黄昏，如预知米沃什当年
一场文学灾难所激变的笔下革命
是你携手创建，多少夜
身在影绰的人群，你体会到诗人深沉的震撼
战栗掠过城市的骨髓
几代人的诗歌遏制苦难，诗人最鼎盛的宿命

你以歌剧布景的巅峰风格
赞写《人民》，那独踞的一隅
像西印度落日雕制的黄金，许多年
你诗节中的大地和崇高，它们的气息包围钻石

鸽 子

周新京

一只鸽子在小径上踱步
它把头偏向左侧向后看
它把头偏向右侧向后看
它在揣摩后面那个人的意图
它索性飞起来
落在树杈上
但是树下那个人
仍在看着它
于是它张开翅膀
飞上楼顶
沿狭窄的边缘踱步
现在那个人看不看它已经没关系了
踱步是它最喜欢的方式
即使在一根电线上
它也可以踱来踱去
但是在孩子的图画里
老人的勋章上
它的翅膀却是张开的
那通常是它受到惊吓的样子
好像惊吓使它显得更美

原载作者微博

跟舰长有关的火药课

苏　楷

在词语的驱逐舰，海水不成型的形式
扮演一个活死人多不容易
旗杆，这么一大堆，好像不是圣母像
同处于阴霾中，关闭的火炮，我有距离的疑问
画具箱一层层拆掉了

我把分散的纸，可以扎紧点，沾满墨水，割断绳子
你别喊：打断锁链的战役

其中在身体的疼痛位置，遮掩了电线杆，你和我
手握一支枪，扔掉了无数手套

绞刑犯的脸向下，所有的水球都有些凉。迅速，习惯的
只有小木偶，不暴露贵重
跟舰长有关的——还有火药课

犹如在一只瞎眼示威：不要问观摩的细节，敞开衣柜以后
活动，再舞蹈，很具象
与你交谈的两张凳子
惨烈的搏斗，或许，在陆地
这种事情，像石头幽暗，譬如：我进入藏书室

蜡烛，从漆黑的地方照亮书脊，很幸福
依然将提笔欠债的感觉，偿还。这一群欲望的俘虏
失却了划桨的统治者
不乘坐火车，但是，短命的侵略者
一样不让你忘记赤手空拳

原载作者诗集《方向》2014年10月

鸟声

典裘沽酒

四月城郊。清明未过
窗外，祭祖的爆竹声与雨丝逐渐减少
而不远的山上，总有一只鸟
布谷、布谷地叫着

午休。我有心事
总睡不踏实。好像那只鸟
总是不停地叫我的名字
沈绍裘
沈绍裘
沈绍裘

原来我听鸟叫是两声
现在闭着眼睛听
就听到两声中那声极轻的声音

原载微博“典裘的诗”

沉哀

陈超

太阳照耀着好人也照耀着坏人
太阳照耀着热情的人
也照耀着信心尽失的人
那奋争的人和超然的人

睿智者、木讷的人和成功人士
太阳如斯祷祝
也照在失败者和穷人身上

今天，我从吊唁厅
推出英年早逝的友人
从吊唁厅到火化室大约十步
太阳最后照耀着他，一分钟

（注：诗人已于2014年10月30日晚跳楼离去。）

第七辑
生于40年代的诗人

命运的平衡木　我的独木桥
——给寒乐

食　指

善什么时候战胜过恶
几千年来，何曾有过
命运的平衡木　我的独木桥
令我不敢有半点差错

出于不理解的猜疑，源于羡慕的嫉恨
及不服气的较量，终成一片刀光血色
亲历者惊愕的目光，后世人追寻的思索
不断演绎着已成为历史的这段传说

恶从来是呼啸着，被人啧啧称奇
善总是默默地——可能因承载得太多
像一条缓缓流动的长河，一代代
漫向低处，使人心从未干涸

请不要将我的善良当软弱可欺，
那将使你此生后悔莫及；
事情将发生变化，一个转身
像精心设计的蒙太奇，
在历史的影片里

原载《天津诗人》2014年秋之卷

死亡，就是那么一回事

叶延滨

已经死过一次了
心肌梗塞
医生就是上帝
上帝说，修修还能用
在他的血管里安上三个支架
从此，每一滴血
都是支架里流出来的锈水……

已经死过一次了
一口烂牙
换成一副雪白的烤瓷牙
牙医说，别啃骨头
多吃软食软饭多喝奶
从此，吃软饭后喜欢叼着烟嘴
抽烟时他露出两排白牙……

已经死过一次了

耳朵不是耳朵是摆设
安上助听器，上帝啊
他又能听见奉承和暖心窝的话
骂娘的话，当然不想听
从此，不高兴就关机
提前来到一个全新的世界……

下一回换个什么零件？
死亡，就是那么一回事——
分期换件，还是整体报废
由上帝安排，如此而已……

原载《扬子江诗刊》2014年第5期

琵琶独奏：《十面埋伏》

谢克强

轻轻　指尖轻轻一拨
一阵紧似一阵的琵琶声
犹如十万刀枪碰响
由远而近

夜　匆匆而来
亦如匆匆而来的十万伏兵
响弓与飞箭
正从弹拨的弦上飞出
奏一天楚歌

兵困垓下

营帐里灯火仓惶地摇晃
不远处　骓自长嘶
那八千骁勇的子弟兵呢
楚霸王苍凉的目光
逼近虞姬

这时　乐曲骤然沉缓
仿佛那拔山盖世的双臂
沉缓而悲哀
举起一柄雪亮的剑
剑落处
血泪潸然浇开了一朵
虞美人花

马蹄声咽
一场琵琶演奏的楚汉之争
在指下戛然而止
而乐曲依然萦绕我的心头
我不知　该从十面埋伏里
如何突围

原载《中国诗人》2014年第4期

地铁站

安　遇

退后一步，再退后一步，靠边
在时间的悬崖上，你就是一间移动的老房子
她的肉身压痛了你的本分，肋骨，和善良

还要回过头来狠狠挖你一眼

让你速朽

原载《元写作·第六卷》2014年

后　记

重建中国诗歌新人文精神

——微信年代编诗札记

周瑟瑟

一年一度的年选又开始编选了，《2013年中国诗歌排行榜》出来后，受到了一些诗人与读者较为积极的评价，并且出乎意料的是发行情况不错。这是主编邱华栋与我，以及出版社编辑们共同努力的结果，令人欣慰。正面肯定的人认为，去年选本开了大面积从微博、微信、QQ群上选诗的年度选本先例，并且从编选体例上直接呈现出中国现代诗的新媒介生成特性。当然，也有不尽如人意之处，因容量有限与时间匆忙，个别重要诗人有所遗漏，某几个著名诗人私下或公开表示收入诗篇太少，并且与无名作者混为一体，不好。“看起来吓了我一跳，中国有那么多诗人吗？”相反的意见是：“这个选本打破了门户之见，以作品质量论英雄。”这才好。

说心里话，我只要看到诗写得有特点、不模仿别人、文本成熟的生活在底层的作者，我就顿生好感，愿意多收入他们甚于知名诗人，这或许就是这个选本的平民意识吧。

我从不管那些小肚鸡肠，我只是如期完成一个选本的初选工作，因为还有主编邱华栋与责编的工作在后头。年选年年有，全国各个版本加起来有十多种了，各有编选风格，各有侧重。我们这个选本最重要的是坚持了平民意识，注意不是民间性，因为在我眼里民间性正在消失，至少经过了几十年时间，现代诗已经不是在哪里的问题，而是有新的诗学问题暴露了。

在此我提出重建中国诗歌新人文精神，但显然通过一个选本是不能完全呈现我的想法，我只是企图给出一个脉络或走向。

大家或许都感受到了，十月的最后一天，死亡的哀伤笼罩在了中国诗人的心里，这个时代最优秀的诗人与诗歌理论家之一陈超先生于10月30日凌晨跳楼而去，丧报从早晨微信的雾霾里扩散，压抑得让人喘不过气来。

死亡那只乌鸦一直在我们头顶盘旋。

去年也是这个时候，我写那篇在网上引起反响的《雾年读诗》编后记时，最后列了一年内去世的诗人名单，心里想一年还剩两个月，不要再有诗人离开我们了，但还是在年底有韩作荣等诗人走了。今年我开笔写此文时有点提心吊胆，一夜之间真的又传来陈超先生悲伤的消息。

今年先是有诗人卧夫兄在5月8日怀柔山中绝食离开了我们，卧夫与我们经常在一起，他选择残忍又干净的方式走了，给我们留下了长时间的悲痛。接着是“90后”打工诗人许立志，他于10月1日在深圳坠楼身亡，然后是10月16日，女诗人李晓旭（网名“竹露滴清响”）因骨肉瘤病逝。今天，陈超先生却选择了从高楼跳下。世界晕眩，诗歌这一自足的生命载体突然在一连串的死亡事件之后有了沉重的下坠感。

诗歌的下坠感——个体生命的结束让我产生的一种神秘的感受。

重建诗歌的新人文精神，首先要重建我们对生命与死亡所包含的人文精神的敬畏，对上世纪80年代人文启蒙精神的敬畏，对上世纪90年代逐步建立起来的诗歌先锋精神的敬畏——但这些基本的人文精神被我们毁坏得差不多了，在我们内心还有多少残存的碎片？

在以毁坏为乐的当下，他们的离世才会有更多的悲凉。我们不能简单认定，诗人之死仅仅是对生命的主动或被动放弃，除此之外，或许还存在更为隐秘的失望与向往。

在一个微信时代，庸常化信息突然大面积爆发，诗人置身其中，享受技术文明主导下的庸常生活，微信生活正在构成一种新的文化势力，快速分裂与消解在上世纪90年代建立起来的诗歌先锋精神——那正是以陈超先生为代表的一代诗人与批评家所建立起来的诗歌精神，如今基本上荡然无存了，剩下的只是以微信为背景的雾霾式的模糊诗歌现实了。

在中国现代文学馆举办的周亚平的诗歌研讨会上，我曾谈到周亚平诗歌的先锋精神，印象中翟永明等人发言时对当下再谈先锋精神持悲观的态度，其实大家都觉得诗歌的“先锋精神”或那个先锋的时代离我们远去了，而我看到周亚平诗歌中的先锋精神勃发时还是掩饰不住地兴奋。

经过持续20多年的技术与生活的双重颠覆，人文精神在启蒙之初给中国文学、诗歌与艺术挖下的精神掩体被迅速填平，裸露出我们日渐肥胖、虚弱的体质，写作表面的狂欢与光滑，丝毫也掩盖不了我们内在的贫乏与惊慌。

我们在时代巨大的工地上像个苦役一样劳作，背上自我捆绑的诗歌使命与负担，在尘土飞扬的空气里写下自以为是的作品，这样的写作剔除掉盲目的乐观，剩下的只有真实的汗水与血泪。因为我们是在一个缺失人文精神的战场上操练汉语诗歌。

面对先于我们离世的诗人，我们除了悲痛与怀念，最应看到的是他们生命与死亡里那道微暗的光亮，那正是他们留给人世的诗歌之光——他们留下的作品，以及作品里强大的诉求——给我们生者带来的新的启示。但每次，很羞愧，我们都是在死亡降临之后才发现诗人生命之诗的光亮，追忆又显得是多么的无力，但绝不多余。

从逝者的作品里我们感受到了诗歌在沉重下坠的速度，我意识到当下诗人肉体的消失与新人文精神的重建都是我们要面对的难题。

他们出生于90年代、70年代、60年与50年代，就像一条生命的大河奔腾向前，他们拐了一个弯，向着另一个世界奔涌而去。

今年的选本我们选取了另一个时间的轴线来架构，时间选本即基于诗人的出生年代的选本。在时间面前，我们每一个人都是平等的。年度选本如此残忍，把作品摆出来，编者无非是选出每一个诗人最好的作品，虽然只选你一首诗，但一首如一滴水见出你一年创作的大海。你是否努力了？你是否保持了创作的活力？这是一次平等的检验。

去年在《雾年读诗》里我惊讶于“90后”诗人小兽似的迅猛，今年情形又变，出生于00年代的诗人等不及了，呼啦啦向外冲。所以，我没有沿袭去年以新媒介为架构的编选思路，今年我把生于00年代的小诗人放到年选的最前面，他们代表了更为新鲜的诗歌力量，他们带着童声的写作生动地传达出诗歌写作的元本质，这正是我所倡导的元诗歌写作的一部分。我希望他们的诗歌能够引起成年诗人的思考，诗歌的思维原来最初是这样的——忧心的是他们长大后会变得与我们一样，不是吗？时间太快了，“90后”与“80后”就与我们“70后”“60后”没有多大区别了。孩子们元诗歌的近于裸体的写作直接呈现了诗歌的本质状态，没有皇帝的新衣，只有新鲜如初的诗歌肌体，在这样的诗歌面前，我们从繁复与沉重的诗歌美学中抽身一阅，不觉得轻松、自在、本真与元气尽显吗？

我这次选了6岁的董其端与姜二嫚，8岁的铁头（他去年也有作品入选），11岁的徐毅与姜馨贺，以及13岁的孙澜僖，这六位小诗人代表了一个新的诗歌时代，但愿他们会创造一个未知的更好的诗歌时代。本年选第一首诗就是6岁的董其端的《骨头》，把他（她）的大作呈现在这里吧：

我们的骨头
穿上了人肉。
我们一笑它就笑，
我们哭了它也哭。
我的心里有神秘，
我们的骨头
会和我们一起生活。

孩子呀，我不知你是否读了北岛爷爷为你们编选的《给孩子的诗》。北岛为孩子编诗，概括起来讲可以归到我此文的题目——重建中国诗歌的新人文精神，虽然我不会从文艺复兴之类的宏大主题来阐述这一想法，但北岛先生基于中国诗歌教育或诗歌成长的人文环境的糟糕而编选给孩子们读的诗，在某种意义上讲是在扭转人文精神丧失所造成的整个社会诗歌启蒙缺席的现状。

时间轴线上的诗人们——从生于00年代，依次到生于90年代、80年代、70年代、60年代、50年代、40年代的诗人，全书分为七辑七个年代，从6岁的孩子到60多岁的大人，从董其端到食指，从孙子到爷爷，七代人齐聚于一个选本，带着出生年代分明的身份来到了一个年度。这样的编排别具意味，我想未来会记住他们在一个时间点上的写作状态。

肉身消失了的诗人与还活着的诗人，前者留下的优秀作品已经定格进诗歌的历史，与死亡一样突出，后者还依然挣扎在移动互联网编织的诗歌之网中，名利是大部分诗人生活与写作的真实动力，而诗歌文本被暂时遗忘，选本的价值在于发现新的诗歌文本。

我信奉死者留下的哪怕是一首好诗。活着的诗人如果不被酒色名利所累，活着的诗人如果不争分夺秒地写下好诗，将会死无好诗。谁都有一死，但让后人为难的是如果没有好诗留存人世，如何对得起身后的时间？

这次我在阅读500多份来稿时，发现相当一部分诗人作品并不过关，有的名声很大的诗人甚至选不出可进选本的一首诗，难堪呀只能反复挑选与换稿，有的人我最终放弃了，等待明年吧，选本年年有，但愿明年你能写出好诗。

建议你认真读读孩子们的诗，从本选本的第一首6岁孩子董其端的《骨头》读起，想一想什么才是好诗，什么才是本真的诗歌写作。我们中绝大部分人把诗歌写作搞错了，以为装神弄鬼的写作才高明，以为从小到大所受到的诗歌教育与诗歌训练才是诗歌的正道，其实忙乎了大半辈子，连道路都走错了，凭你多么努力也写不出好诗，作为选者也只能是鸡对鸭嘴，彼此难受。所以，一个年度选本坚持下来，我希望淘汰自以为是的诗人，选出文本扎实的诗人，拒绝平庸诗人进来糟蹋诗歌，照护新诗人自由成长，把平庸诗人一个个挤出选本。

再次感谢你们对我们的信任，我通过微信与微博、朋友圈征稿与约稿时，不常在诗歌圈混的一些“业余得不能再业余”的作者胆怯地投来作品，我从中发现了让我惊讶的一些好诗，这是今年我编诗的最大收获。一个叫罗马兰的作者一组诗令人高兴，从中我选了他（她）一首《我看见》：

我看见你远在天边，近在眼前，空间是种古代的概念
我看见所有的幻觉，理想，所有的零，无限延伸，吱呀一声
我看见一种被抽象的虚无，一种纸上谈兵的虚荣，一种棋不逢对手的寂寞
我看见没有一朵花相同，一个人相似，我承认万物有灵
我看见幼年的我，孤独于世，大声叫喊，我要离家出走
我看见六十四条大风在马路上舞动，转弯，你的头发呢？
我看见天堂和地狱怀揣岁末的红包，在投胎的路上，你说从来没有救世主
我看见乌托邦似的漫游，在自我之外的想象世界，情定锁链
我看见我被无厘头案定罪，示众，等待五马分尸
我看见一口深井，经年失修，长久未启，我相信这是我恐惧的来源
我看见天地青色，山水同体，月色下，谁与我共赴一个梦约？
我看见我在梵高的星空下学习战栗，在长城脚下理解仰天长叹
我看见我被推出门，恍然世界是张曝光过度的底片
我看见，烈焰焚烧，天雷滚烫，这溶身的恐惧，哪里还有呻吟？

感谢罗马兰让我看见《我看见》，我看见中国诗歌新人文精神在这个时代少数诗人的文本里浮现，最后我才发现你就是加了我微信的名叫“十三姨”的那个人，一个远在美国弗吉尼亚州的回族诗人。我决定此书交稿后向更多的选本与诗人推荐你们的作品。

2014年11月2日晚　于京东树下

图书在版编目（CIP）数据

2014年中国诗歌排行榜 / 邱华栋主编. -- 南昌 :百花洲文艺出版社,
2014.12

ISBN 978-7-5500-1165-6

Ⅰ.①2… Ⅱ.①邱… Ⅲ.①诗集 - 中国 - 当代 Ⅳ.①I227

中国版本图书馆CIP数据核字(2014)第277498号

2014年中国诗歌排行榜

邱华栋　主编

出 版 人	姚雪雪
责任编辑	游灵通　朱　强
书籍设计	方　方
制　　作	周璐敏
出版发行	百花洲文艺出版社
社　　址	南昌市红谷滩新区世贸路898号博能中心9楼
邮　　编	330038
经　　销	全国新华书店
印　　刷	江西千叶彩印有限公司
开　　本	850mm × 1168mm　1/16　　印张　22
版　　次	2015年1月第1版第1次印刷
字　　数	150千字
书　　号	ISBN 978-7-5500-1165-6
定　　价	37.00元

赣版权登字　05-2014-287

邮购联系　0791-86895108
网　　址　http://www.bhzwy.com
图书若有印装错误，影响阅读，可向承印厂联系调换。